삶이 시가 된 이 아이들의 노래가
마침내 우리 모두의 이야기가 되어 꽃피우기를

• 1952년부터 1977년까지 이오덕이 가르친 아이들 시 •

읽어 두기

1. 이 책은 《일하는 아이들》(보리)을 새로 고쳐 펴냈습니다. 초판(청년사)에 실었다가 고침판(보리)을 내면서 뺐던 시 아홉 편 가운데 이오덕 선생님이 가르치지 않은 아이가 쓴 글 한 편은 빼고 여덟 편을 다시 실었습니다.

2. 이 책에 실린 시들은 그때 아이들이 쓴 그대로 두었습니다. 아이들이 모두 저마다 다르게 쓰고 말을 했던 사투리도 아이들이 쓴 그대로 두고 글 밑에 비슷한 뜻이나 다른 표현을 달아 놓았습니다. 아이들이 얼른 알 수 없는 어려운 말은 쉬운 풀이말을 달아 놓았습니다.

3. 띄어쓰기는 지금 표기법에 맞게 바로잡았습니다.

4. 이 책에 나오는 그림은 이오덕 선생님이 가르친 아이들이 그린 것입니다. 어떤 그림에서 한 부분만을 따로 떼 내어 쓰기도 하고, 떼 낸 부분을 모아 쓰기도 했습니다. 그림을 그린 아이들 학교와 이름은 정확히 알 수 없는 경우가 많아 모두 써넣지 않았습니다. 그린 분들에게 허락을 얻지 못한 점 이해해 주시면 좋겠습니다.

이오덕의 글쓰기 교육 7

아이들 시 모음

일하는
아이들

이오덕 엮음

양철북

오랫동안 별렀던 이 책의 고침판을 이제야 내게 되었습니다. 우리
말이 어디에 있는가를 알고부터는 지난날에 철없이 쓰고 엮고 하
여 내었던 몇십 권이나 되는 부끄러운 책들을 언제 다 고쳐서 낼까
하고 늘 무거운 짐을 지고 있는 마음으로 있었는데, 이번에 가장 먼
저, 아이들이 쓴 이 시집부터 새로 내게 된 것입니다.

이 책을 20여 년 만에 고침판으로, 다른 어느 책보다도 먼저 내게
된 까닭을 몇 가지 말하면 이렇습니다.

첫째, 이 책은 바로 제가 쓴 글로 된 것은 아니지만, 제가 쓴 어느
책보다도 더 소중하게 여겨 왔습니다. 저는 이 아이들에게 시를 가
르쳤지만, 한편으로 이 아이들한테서 참된 시를 배웠습니다. 그런
데 이 책은 오랫동안 절판이 되어 나오지 않았습니다. 그동안 책을
찾는 사람들도 적지 않았습니다. 이런 형편에서 더구나 자연과 시
를 아주 잃어버린 요즘 아이들에게는 이 시집이 다시없는 좋은 가
르침을 줄 수 있겠다는 생각이 들었습니다.

이 책 초판 머리말 끝에는 "겨우 이 정도의 빈약한 열매밖에 거두
지 못했다"고 했고, 그래서 "어린이들에게 자유와 사랑을 가르치는
교육 동지들이 있는 골짝마다 마을마다 더욱 풍성한 열매가 거두

어질 날이 올 것을 믿"고, "이런 소원이 이뤄지는 날 이 책은 불태워 버려도 좋을 것"이라 썼는데, 이런 말은 그때 제가 가졌던 심정을 정직하게 나타낸 말이었습니다.

그런, 스물몇 해가 지난 오늘날 우리 나라 아이들의 삶과 시를 살펴보면 그 무렵의 상태에서 조금도 더 나아가지 못했다는 것을 깨닫게 됩니다. 이것은 학교교육의 알맹이란 것이 거의 바뀌지 않은 때문이고, 그래서 아이들이 오염된 어른들의 말을 그대로 따라서 쓰고, 어른들의 글을 흉내 내어 쓰는 정도가 더욱더 나쁜 상태로 떨어져 가고 있기 때문입니다. 불에 태워 버려도 좋겠다던 이 시집이, 이제 와서도 그때와 조금도 다름없이 모든 우리 아이들에게 좋은 시를 가르치는 교재가 되겠다고 생각한 까닭이 이러합니다.

다음은, 이 시집을 지금 읽어 보니 이 아이들이 얼마나 깨끗한 우리 말을 썼는가를 깨닫게 되어 새삼 놀라지 않을 수 없습니다. 아, 그때 농촌에서 산마을에서 살던 아이들은 이렇게 아름다운 우리 말, 넉넉한 우리 말로 자라났구나 하고 감탄하게 됩니다. 이 시집에는 오늘날 우리들이 속절없이 잃어버리고 있는 수많은 말들이 있습니다. 그래서 이 책은 우리 아이들에게 훌륭한 우리 말의 교과서가 되겠다는 생각도 들었습니다.

또 한 가지는, 초판 책이 나온 뒤로 그 책에서 잘못된 것이나 모자란 것을 다듬고 바로잡아야겠다고 깨달은 것이 많았는데, 그 뜻을 이루지 못하고 늘 꺼림칙하게 여겨 왔습니다. 이 고침판에서 다듬고 고치고 한 것을 다음에 들어 봅니다.

첫째, 많이 붙여 놓았던 작품의 해설이 거의 모두 공연히 쓴 말이고, 도리어 시를 읽는 데 방해가 될 수도 있겠다 싶어, 꼭 참고가 될 말이 아니면 죄다 없앴습니다.

둘째, 교과서에 나오는 표준말밖에 모르는 아이들에게는 알 수 없는 말이나 사전에 없는 말을 풀이해 놓은 것도 흔히 하는 대로 사투리를 표준말로 바꾸어 적는 꼴로 하지 않고, 한 가지 말이 곳에 따라 다르게 여러 가지로 쓰이고 있다는 사실을 알리려고 했습니다.

셋째, 제가 지도하지 않았던 작품이 한 편 있었는데, 그것을 빼었습니다. 그리고 아이들이 쓴 시의 원문을 찾아내어 잘못 옮긴 말이나 잘못 적힌 글자를 더러 바로잡았습니다. 물론 맞춤법은 오늘날 쓰는 대로 고쳤습니다.

넷째, 138쪽의 '고속도로'는 초판에 실리지 않았던 작품입니다. 글쓰기와 발표의 자유가 어른들보다 아이들에게 더한층 제약되었던 그 시절에 우연히 얻게 된 이 시를 발표도 하지 못하고 그대로 가지고 있다가 30년도 더 지난 이제야 이 자리에 넣게 되었습니다. 여기서 새삼 생각되는 것은, 그 무렵 내가 지도한 글쓰기의 글감과 내용이, 아이들의 눈과 귀로도 얼마든지 보고 듣게 되고 몸으로 겪게 되는 사회의 온갖 문제를 거의 모두 제쳐 놓을 수밖에 없었다는 것입니다. 이 시집을 그런 눈으로도 보아 주셨으면 합니다. 정말 이 '고속도로'는 어쩌다가 발견한 귀한 작품입니다.

좋은 책은 그것을 몸에 지니고 다니는 것만으로도 몸과 마음이 맑아지고 힘이 솟아난다고 합니다. 나도 그런 책을 한 권쯤 내어 봐야지, 하는 생각으로 내 딴은 온갖 정성을 다 들여서 만든 것이 이《일하는 아이들》고침판입니다. 어디 한 군데, 한 글자라도 잘못된 데가 있으면 부디 누구든지 알려 주시면 고맙겠습니다. 그러면 다음에 꼭 고치겠습니다.

2002년 4월 이오덕

이것은 주로 농촌 아이들에게 시를 쓰게 하면서 모아 두었던 작품들이다. 이 가운데는 공부를 잘한 아이들의 것도 있지만 오히려 못했던 아이들의 것이 많고, 흔히 뒤떨어졌다고 천대를 받는 아이들이 겨우 글자를 익혀 몇 마디씩 써 놓은 것을 고치지 않고 그대로 보인 것이 아마 절반은 될 것이다. 사투리를 설명한 것밖에, 붙여 놓은 해설 같은 것은 안 읽어도 좋은 것이다.

이 시집을 펴내는 뜻은 무엇보다도 아이들이 시를 알고 시를 쓰면서 사람답게 살아가 주기를 바라는 마음에서다. 다음 또 하나는 교사와 부모들이 순진하고 정직한 아이들의 마음을 알고 그들과 함께 시의 세계에서 살아가 주기를 바라는 마음에서다.

지금 우리의 아이들은 교과서를 가지고 시험 점수 따기 공부만을 하기에 몸과 마음이 병들어 있는 데다가 글짓기까지도 상 타고 이름 내기 위해 하는 거짓스런 말재주 놀이가 되어 있다. 더구나 괴상한 동시란 것을 쓰면서 남 따라 흉내를 내고 거짓을 꾸미는 말장난을 좋은 공부로 배우고 있어 그 마음이 비뚤어지고 병들어 사람답지 못하게 자라나고 있다. 이런 아이들이 참된 사람의 마음과 생활을 되찾기 위해서 가장 필요한 것이 자기들의 느낌과 생각을 정직하게 쓰는 일이다. 남의 화려한 모습을 부러워하지 말고 자신을 귀하게 여기고 그것을 드러내는 일이다. 그래서 나는 무엇보다도 먼저 아이들이 순진한 눈으로 보고 느끼고 생각한 것을 아무런 재주도 부리지 말고 자신의 말로 그대로 쓰도록 했던 것이다.

농촌 아이들이 정직하게 자기를 나타낸 결과는 그것이 일하는 생활의 시가 될 수밖에 없었다. 이 시집에는 점수 따기 공부만을 하거나 상 타기 동시 짓기를 하는 아이들의 머리로서는 상상도 못 할 실제 느낌과 삶의 세계가 펼쳐져 있다. 이 아이들은 일하는 것을 부끄럽게 여기기는커녕 당연한 자기의 생활로, 오히려 자랑스럽게까지 여기고 있다. 그러기에 바로 일한 것이 아니더라도 걱정스런 생활 얘기를 쓰든지 산이나 구름을 본 느낌을 쓰든지 놀이를 쓰든지 그모두가 열심히 살아가는 아이들의 몸과 마음에서 터져 나오는 살아 있는 말이 되었다고 생각한다.

어린이의 시는 어린이들이 세상을 살아가면서 무엇을 보고 느끼고 겪은 것을 그대로 정직하게 쓴 것이다. 그런 것이 시가 될 수 있는가 못 되는가를 이 시집은 말해 줄 것이다. 순진한 어린이의 말과 행동, 느낌과 생각은 그것이 그대로 시가 될 수 있다는 것을, 어린이는 시인임을 나는 믿는다.

어른들 때문에 더럽혀지고 비뚤어진 아이들을 볼 때마다 나라와 민족의 앞날이 암담해짐을 어찌할 수 없지만, 이와 같은 아이들의 시를 대하게 되면 비로소 그곳에 하늘이 탁 틔어 옴을 느낀다. 아무리 짓밟히고 짓밟혀도 아이들은 끝까지 병들어 버릴 수 없다는 것,

어린것들의 생명력은 민족을 다시 살아나게 하는 힘으로 엄연히 살아 있게 됨을 느낀다. 남북의 분단이 아무리 오래가더라도 실망할 것 없다. 아이들이 시를 쓰면서 사람답게 살아가기만 한다면 우리의 머리 위에 태양은 언제나 빛나고 있을 것이다.

그러나 어린이의 시는 아직 제대로 시작도 못 한 상태에 있으며 이렇게 언제나 첫 단계에서 맴돌고 있는 것이 안타깝기 짝이 없다. 그지없이 참되고 아름다운 시의 세계를 지닌 아이들을 가르쳐 왔다는 내가 서른 해 동안 겨우 이 정도의 빈약한 열매밖에 거두지 못했다는 것은 다만 무능한 탓이다. 그래도 이 보잘것없는 씨앗이나마 땅에 묻혀 썩을 수 있기를 바라는 것은, 끝내 흐려질 수 없는 눈동자 빛나는 모든 어린이들과 그 어린이들에게 자유와 사랑을 가르치는 교육 동지들이 있는 골짝마다 마을마다 더욱 풍성한 열매가 거두어질 날이 올 것을 믿기 때문이다. 이런 소원이 이뤄지는 날 이 책은 불태워 버려도 좋을 것이고 나 또한 동지들의 꾸짖음과 격려로 더욱 열심히 그들을 따라갈 것이다.

1977년 12월 이오덕

차례

2부 청개구리

3부 길

5부 새눈

엮고 나서

1부

고추밭 매기

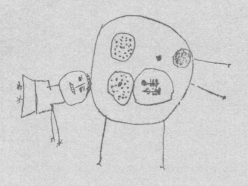

햇빛

박춘임 공검 2학년

어머니가
국시를 하는데
햇빛이
동골동골한 기
어머니 치마에 앉았다.
동생이 자꾸 붙잡는다.

(1958. 12. 21.)

* 국시: 국수.

봄이 오면

이영희 청리 3학년

봄이 오면
아기 업고 가서
아기를 니라놓고 놀면
어머니가 아기 젖을
미기로 온다.
봄아 어서 오너라.

(1964. 2. 10.)

* 니라놓고: 내려놓고.
* 미기로: 먹이러.

봄이 오면

박희복 청리 3학년

참새는 겨울이 지나간다고
지저거리며 얼마나 좋아할까?
나도 봄이 오면 일요일 날은
보리밭 매로 간다.
들로 호미를 들고 가면
참새도 보리밭에 앉아서
땅을 쫏으며 벌레를 잡는다.

(1964. 2. 23.)

* 매로: 매러. 영남에서는 '밭매로 간다' '놀로 간다' 이렇게 말한다.
* 쫏으며: 쪼으며. 쪼며.

봄

이종준 경주 2학년

봄이 오면
보리가 새파랗게
올라오지요.
나는 봄이 오면
우리 집 뒤에 자리를 깔아 놓고
공부도 하고,
우리 외가에서 보리밭도 매고,
어떤 때는 우리 외가 소도 미게
줍니다.

(1968. 2. 8.)

* 미게: 미겨. 먹여.
* 품팔이하는 어머니와 살아가는 아이가 쓴 시.

봄

이용욱 대곡분교 2학년

봄아, 봄아, 오너라.
나는 봄이 오면
따뜻한 곳으로 지게 지고
나무하러 간다.
나무를 가득 지고
집에 갖다 놓고
또 나무하러 간다.
봄이 오면 나는 날마다 나무하고
보리밭도 맨다.

(1971. 2. 6.)

* 봄을 기다리는 즐거움은 일하며 살아가는 즐거움이다. 일은 고되기만 해서
꺼리고 피해야 하는 것이 아니라, 아주 내 것으로 몸에 붙여 버린 생활이다.
그래서 "봄이 오면/ 따뜻한 곳으로 지게 지고/ 나무하러" 가고, 보리밭을 매
러 간다고 한다. 날마다 그렇게 일하는 것이 당연하고, 자랑스러워 보이기도
한다.

봄

김춘자 대곡분교 3학년

봄이 오면
나는 학교 갔다 오면
아기를 업고 점심을 하다가
아기가 자면
호미를 들고 가서 밭을 맨다.

(1970. 2. 12.)

봄

박선용 청리 4학년

봄이 오면
시미기 하기
멀쩡난다.
봄이 왔다가
일찍 가면 좋겠다.

(1964. 3. 1.)

* 시미기: 소먹이. 소에게 먹이는 풀.
* 시미기 하기: 소먹이풀(꼴)을 베는 일.
* 멀쩡난다: 지긋지긋하게 싫은 마음이 난다.
* 여기서는 일의 고달픈 면만을 생각해서 썼다. 이것도 정직한 느낌이다. 일
이 너무 많으면 놀이가 안 되어서 아이들은 힘들어한다. 그래도 일이 아주 없
고 방 안에서 책만 읽고 외우고 쓰고 하는 것보다는 열 배도 더 낫겠지.

참꽃

김을자 대곡분교 2학년

참꽃 먹어 보니 씨다.
그래서 올해는 풍년이 지는 거다.
참꽃이 쓴 거 보니 글타.

(1970. 4. 21.)

* 참꽃: 창꽃. 진달래꽃.
* 씨다: 쓰다.
* 글타: 그렇다.
* 자연 속에서 살아가는 아이들이 한 해 가운데 가장 먼저 따 먹을 수 있는 것
이 참꽃이다.

꽁 지키기

아침마다 지게를 지고 꽁 지키로 앞밭에 간다.
꽁은 온 산에서 껄껄 하고 운다.
밭에서 워, 워, 하고 쫓으니
꽁은 예쁜 소리로 울며 날아가고 있다.
콩 잎사귀들은 모두 해님을 쳐다보고 있다.

(1970. 5. 30.)

* 영남에서는 꿩을 꽁이라 했다. 아침마다 콩밭에 가서 꿩을 지켜야 하는 이 아이는 꿩이 우는 목소리가 예쁘다고 느낀다. 그리고 콩 잎사귀들이 죄다 아침 해님을 쳐다보고 있다고 하여 아름다운 자연을 보여 주고 있다. 자연과 함께 어울려 살아가는, 일하는 아이들의 삶은 자연처럼 즐겁고 아름다워 보인다.

논 갈기

정순조 청리 4학년

아버지는
땀을 흘리며 논을 간다.
갈다가
소가 안 가면
소 줄로 배를 때린다.
그러면 소가 간다.
흙이 덩거리 되면
발로 흙을 부시면서 간다.

(1964. 6. 27.)

* 소 줄: 고삐. 이까리. 소를 몰거나 매어 둘 때, 그 한쪽 끝을 코뚜레에 잡아매
는 줄. 보통 이것을 '소 줄'이라고는 하지 않고 '이까리' '고삐'라고 한다.

고추밭 매기

박귀봉 대곡분교 2학년

낮에
큰구메에서
고추밭을 맸다.
아버지는 벗덕 맸다.
어머니도 벗덕 맸다.
나는
어서 매고 재달이 풀 모자 만들어 준다
하면서 맸다.

(1969. 6. 11.)

* 벗덕: 퍼뜩. 얼른.
* 그 많은 밭매기 일에 2학년 아이까지도 한몫 낀다. 아버지 어머니는 저 앞
에 빨리 가면서 매는데 이 아이는 혼자 뒤에 처져서 매는 것이다. 밭머리에
와 있는 동생을 생각하면서 "어서 매고 재달이 풀 모자 만들어 준다" 하면서
밭을 맸다고 한 말에 이 아이의 마음이 잘 나타나 있다.

고추밭 매기

김숙자 대곡분교 3학년

고추밭을 매다니
고추밭에 수박하고 외하고 있어서
내 속이 시원한 게 금방 수박이
넘어가는 것같이 춤이 넘어간다.
올해 내가 수박 서리 갈라고 했더니
안 가도 만판 된다 하니
어머니가
수박 우리 따 먹그러 나두나 근다.
그머 나두재 머, 했다.

(1970. 6. 30.)

* 매다니: 매니까. 매다 보니.
* 춤이: 침이.
* 수박 서리: 여럿이 가서 수박을 따 먹는 것.
* 만판 된다: 충분하다. 괜찮다.
* 먹그러: 먹게.
* 나두나 근다: 놔두나 그런다.
* 그머 나두재 머: 그럼 놔두지 뭐.

걱정

김순자 대곡분교 2학년

어머니가 빨래하니 고추밭을 못 맨다.
아버지가 나무하니 고추밭을 못 맨다.

(1969. 6.)

* 남의 밭은 깨끗이 매 놓았는데 우리 고추밭엔 잡풀이 우거져 있다. 오늘도
어머니는 빨래를 하시고, 아버지는 나무가 없다고 산에 가셨다. 고추가 잘돼
야 회비도 내고 공책도 사고 가을에 운동화도 살 텐데…… 하는 아이의 마음
이다.

담배 심기

김순교 대곡분교 3학년

섯녘에서
담배를 심는다.
비는 철철 오는데
비닐을 덮어도 옷이 젖는다.
소내기가 자꾸 짜든다.
빗물이
머리에서 낯으로
내려온다.
밭에서
흙이 올라서
서 있으니
아버지가
순교 잘한다
하신다.

(1970. 6. 30.)

* 소내기: 소나기. 소낙비.
* 짜든다: 쏟아진다.

* 담배는 흔히 비를 맞으며 심는다. 때를 놓치면 물을 주어 가며 심어도 살리기가 힘들기 때문이다.

비가 마구 쏟아질 때는 비닐을 덮어써도 옷이 젖는다. 빗물이 머리에서 얼굴로 내려오고, 흙이 질적질적 달라붙어 참을 수 없다. 그대로 정신없이 서 있으니 아버지는 이 아이의 마음을 알아차리고 "순교 잘한다" 하고 칭찬하신다. 차라리 '왜 정신없이 서 있어!' 하고 꾸중을 하신다면 '난 못 해요!' 하고 집으로 뛰어가 버릴 것인데, 아버지의 칭찬을 듣고는 또 허리를 구부려 일하지 않을 수 없다.

이 시는 학교에서 썼지만, 전날 집에서 비를 맞으며 담배를 심던 일을 다시 생각해 내어서 눈앞에 생생하게 되살려, 지금 담배를 심고 있는 듯이 썼다.

담배 심기

김태운 대곡분교 3학년

담배를 심는데
구덩이를 잘못 파서
엉덩이를 얻어맞았다.
내가 하하 허허 웃었다.
일월산 보고 웃었다.

(1970. 6. 4.)

* 이 아이가 있는 '돌매기' 마을은 높은 산꼭대기에 있는데, 그 산꼭대기에는
제법 넓은 밭들이 있다. 그 밭에서 동북쪽으로 바라보면 일월산(1,219미터)
이 보인다.

모내기

4학년김준규 청리 4학년

모를 심었다.
경수가 마늘을 지고 온다.
경수야, 하니
어머니가
고마 모나 심어,
한다.

(1964. 6. 22.)

* 고마: 고만. 그만.
* 어른들하고 같이 모를 심자니 허리도 아프고 고달팠을 것이다. 그래서 마침
지나가는 경수를 보고 이야기하는 동안 허리를 펴고 잠시 쉬고 싶었겠지.

시미기

전옥이 청리 4학년

얼굴에서 땀이 자꾸 난다.
시미기는 많아서
가지고 가기 안됐다.
머리를 들서 보니 머리에는
구슬 같은 물이 많이 배있다.
바람이 막 부니
해같이 기쁘다.

(1964. 6. 22.)

* 시미기: 소먹이풀.
* 안됐다: 힘들다.
* 들서 보니: 들어서 보니.
* 배있다: 배었다. 배어 있다. 들어 있다.

인동꽃 따기

김순교 대곡분교 3학년

영주야,

어서 따자.

말려서 팔아서

기성회비 내야지.

돈이 삼백 원이면 인동꽃을

얼마나 따야 되는지 아나?

빨리 따라.

보리밭에 뭐가 운다.

무섭다.

영주야,

니, 내 뒤에 온내이.

(1970. 6. 13.)

• 인동꽃: 인동덩굴에 피는 꽃으로 옛날부터 약으로 썼으나 최근에는 화장품
의 원료로 많이 쓰이게 되었다. 인동꽃이 피는 봄철에는 농가에서 돈이 나올
데가 없어, 아이들은 흔히 인동꽃을 따서 한 달 300원의 기성회비를 대었다.
• 기성회비: 학생들이 달마다 학교에 내는 돈. 후원회비·사친회비…… 따위
여러 가지 이름으로 바뀌었다.
• 이 책을 엮은 이오덕이 펴낸 《어린이는 모두 시인이다》에는 시의 맨 앞에
"인동꽃 따로 갔다/ 갯골 가니 많았다"는 두 줄이 더 있다.-편집자

인동꽃 따기

이경자 대곡분교 3학년

인동꽃을 땄다.
조그만 보자기를 앞에 끼고
인동꽃을 땄다.
배고프면 노란 인동꽃을 빨아 먹고.

(1970. 6. 13.)

인동꽃 따기

김규창 대곡분교 3학년

복순아,
여기 많다.
나는 인동꽃 따 가지고
방 안에 말려서
팔아 가지고 공책 산다.
복순이는
여기도 많다 한다.

(1970. 6. 10.)

조밭 매기

백석현 대곡분교 3학년

나와 누나와 대연이와
조밭을 맸다.
두 골째 매다니
땀이 머리가 젖도록 흐른다.
땀이 흘러 눈을 막는다.
이럴 때 목욕했으면 좀 좋을까?
풍덩! 물속에 들어갔으면!
햇볕에 시드는 풀 냄새가 섞인
쌔도록한 냄새의 바람이 분다.
그러다가 시원한 바람이 불어온다.
아아, 시원하다.
누나가
대연이 색시 바람 불어오는구나, 한다.

(1970. 7. 24.)

* 매다니: 매다 보니. 매니까.

* 조밭을 매고 난 뒤 그 조밭 매기를 되살려 지금 막 매고 있는 것처럼 썼다. 조밭은 한여름 불볕이 내리쬘 때 매야 한다. 그러니 가장 고된 밭매기다. "땀이 흘러 눈을 막는다" 했는데, 이렇게 찌는 더위 속에 땀투성이로 일할 때는 으레 시원한 물속에 들어가 목욕하는 생각을 하게 된다. 그러다가 정말 바람이 불기는 하지만 그 바람도 땅의 열을 받아 후덥지근하다. 그것을 "햇볕에 시드는 풀 냄새가 섞인/ 쌔도록한 냄새의 바람"이라 했다. 정말 한여름 조밭을 매 보지 않은 사람의 머리에서는 나올 수 없는 말이다. 손과 발로 온몸으로 일하며 살아가는 사람만이 이런 좋은 시를 쓸 수 있다.

이 조밭 매기는 글쓴이와 글쓴이의 누나와 대연이란 이웃 아이 이렇게 셋이서 하고 있다. 어쩌다 시원한 바람이 불어오니 누나가 "대연이 색시 바람 불어오는구나" 하면서 대연이를 놀린다. 고된 일을 웃음으로 달래면서 이웃끼리 서로 도와 일하는 모습이 정겹기도 하다.

콩밭 매기

이승영 대곡분교 3학년

온 낮에 땀이 흐른다.
한낮까지 매니
입은 옷이 평석 젖어 버렸다.
손을 가주고 낮을 문대니
온 낮이 꾸정물이다.
풀 밑에 들어가니 시원한 바람이 분다.
참매미가 매용 매용 바람 소리에 맞추어 운다.

(1970. 7. 24.)

* 손을 가주고: 손을 가지고. 손으로.

아주까리

박희복 청리 4학년

형님이 풀 뽑으라고
나를 부른다.
대답도 하지 않고 갔다.
풀을 뽑다가 아주까리를 뽑았다.
형님 모르게 가만히 심어 놓았다.

(1964. 6. 22.)

*《어린이는 모두 시인이다》에는 제4행이 "풀을 뽑다가 아주까리를/ 뽑았다"
두 줄로 되어 있다.-편집자

나물 씻기

이용대 대곡분교 2학년

점심 먹고 아래 웅골에 가서
나물을 씻었다.
배추하고 부리하고 고춧잎하고
머리에 이고 왔다.
저녁에는 어머니하고 아버지하고
내하고 동생하고
맛있게 먹는다.

(1969. 6. 8.)

* 웅골: 웅굴. 우물.
* 부리: 상추. 상치.
* 우물에 가서 나물을 씻어서 머리에 이고 오는 이 아이는 즐겁다. 일을 하고
나면 즐거운 것이지만, 그것은 저녁에 온 식구가 모여 앉아 맛있는 나물을 먹
게 되기에 더욱 기쁜 것이다. 기쁘다는 말 한마디 없지만 그런 마음을 알 수
있다. 배추, 상추, 고춧잎 이런 나물은 흔하지만 제 손으로 깨끗이 다듬고 씻
어 먹는 것이기에 한층 더 맛이 있다.

배추에 물 주기

이창순 대곡분교 3학년

배추에 물을 주니
배추가 웃는 것 같네.
배추가 서로 물을 먹을라고 하네.
배추에 물을 주고 있으니
배추가 날 보고 방글방글 웃네.
나도 기뻐했다. 내가 기뻐하니
배추가 더 좋아하네.

(1970. 5. 22.)

빨래

김경화 대곡분교 3학년

비누를 갈면 거품이 나온다.
거품이 나오면 무지개가 나타난다.
노랗고 빨갛고 파랗다. 참 색이 곱다.
물에 떠내려갈라고 하면 하도 고와서
한 번 더 보고 떠내려 보낸다.

(1968. 10. 5.)

* 《어린이는 모두 시인이다》에는 시의 제목이 '비누 거품의 무지개'로 되어
있고, 제4행이 "물에 떠내려갈라고 하면/ 하도 고와서" 두 줄로 되어 있다.
_편집자

후래기 따기

누나야, 여기 많다.
나무에 누렇게 있다.
후래기 한 근에 천 원이라는데
왜 안 땄을까?
누나야, 옷이 다 젖었어.
하루 종일 따니 배도 고파.
빨리 집에 가자. 한 대래끼 땄다.
어디서 사람 소리가 나네.
우리 후래기 뺏을라.
누나야, 빨리 집에 가자.
나는 이거 팔아 육성회비 한다.

(1970. 7. 11.)

* 후래기: '후루래기'라고도 한다. 참나무버섯.
* 대래끼: 대래키. 다래끼. 다래키. 아가리가 좁고 바닥이 넓은 바구니.

여름방학

이순일 대곡분교 2학년

여름방학에는
보리타작을 한다.
보리 까끄래기가 모간지에 붙으면
까끄라와서 못 견딘다.
저녁밥을 먹고 거랑에 가서
시원한 물속에 들어간다.

(1970. 7. 24.)

* 모간지: 모가지. 목.
* 거랑: 거렁. 걸. 시내.
* 이 아이는 여름방학에 해야 할 일 중에서 보리타작을 생각하고 있다. 보리
타작을 하면 보리 까끄라기가 목에 붙어 깔끄라워 견딜 수 없다. 그 괴로움을
참고 일을 마치고 저녁에 거랑에 가서 시원한 물속에 들어가는 기쁨을 생각
해 내었다.

목욕하기

김성윤 대곡분교 2학년

목욕을 하였다.
내하고 규창이하고 일동이하고 하였다.
나는 옷을 입고 엎드려 가지고 깄다.
규창이도 엎드리고 일동이도 엎드리고,
움무우, 움무우, 움무우,
철벅 철벅 철벅
그래 옷을 다 적사 부랬다.

(1970. 7. 11.)

* 깄다: '기었다'를 줄인 말.
* 적사 부랬다: 적셔 버렸다.

뱀이

김종철 대곡분교 3학년

점심 먹는데
규창이하고 규창이네 어매하고
헐떡그며 뛰어와서
뱀이가 국고랑에 큰 게
있드라고 한다.
나는 규창이하고 경화하고 태운이하고
어머니 다리 아픈 데 약 한다고
잡으로 갔다.
가니
징그럽고 큰 놈이
속갑가리에 낑게 있다.
몇 찰 돌로 때리니
속갑 속으로 기어 들어간다.
옷을 벗어 뱀이 꼬랑지를
감아 가지고 땡기는데
깨물까 봐 겁도 나고
비늘이 번질번질하였다.

규창이가
딱때기를 가지고
한 참 때리니
고마 죽는다.
죽었는 걸 끌고 오니
아버지가
죽어서 안 된다고 한다.
애먹고 잡아 놓으니
안 된다고 한다.

(1970. 5. 11.)

* 뱀이: 뱀.
* 국고랑: 도랑. 수채. 수챗고랑.
* 어매: 엄마.
* 헐떡그며: 헐떡거리며.
* 속갑가리: 소깝가리. 땔나무로 하기 위해서 솔가지를 가려 쌓아 둔 더미.
* 낑게: 끼어.
* 꼬랑지: 꼬랭이. 꼬랑댕이. 꼬랑대기. 꼬리.
* 땡기는데: 땅기는데. 당기는데.
* 딱때기: 짝대기. 작대기.

잠자리

김웅환 대곡분교 3학년

　잠자리는 일이 없어 놓니 날마다 노기만 한다. 우리
가 잠자리라 그면 일도 안 하고 노재. 잠자리는 펜펜
해 대배져 놀기만 한다.

　(1969. 10. 5.)

* 없어 놓니: 없어 놓으니. 없으니.
* 노기만: 놀기만.
* 잠자리라 그면: 잠자리라 그러면. 잠자리라고 하면.
* 노재: 놀지.
* 펜펜해 대배져: 펜펜해 디배져. 편하게 자빠져. 편안하게 멋대로.

콩

김석범 청리 3학년

점심때
마리에 앉았으니
아버지는 손을 불키 가면서
콩을 뽑아 가지고
소로 갖다 나른다.
소에서 니라난 것이
햇빛에 비쳐
콩 껍데기가 틱 하면서
벌어진다.
콩알이 탁 티 나간다.
콩알은
지붕에 얹혔다.

(1963. 9. 28.)

* 마리: 마루.
* 불키 가면서: 부르켜 가면서. 부르터 가면서.
* 소로: 소 등에 실어.
* 니라난 것: 내려놓은 것.
* 티: 튀어.

학교에 올 때

최영순 김룡 6학년

퇴비를 이고
재까지 오니
고개도 아프고
학교가 보여서
가지고 가기 싫어졌다.
이것을 가지고 가지 않으면
선생님한테 혼이 난다.
또 머리에 이고
걷기 시작했다.
학교에 다다랐다.
퇴비를 가지고 온 여자아이는
보이지 않는다.
교문을 들어설 때
부끄럽기 짝이 없었다.
그래도 꾹 참고
교문 앞에 두고
교실로 갔다.

(1972. 9. 2.)

* 이 무렵 농촌 학교에서는 여름방학 숙제로 아이들에게 풀을 베어 말려 두었다가 묶어서 학교에 가져오도록 했다. 실습지 논밭의 두엄(거름, 퇴비)을 하기 위해서다.

학교에서 가져오라고 하는 것을 가져왔는데 왜 부끄러웠을까? 아무도 안 가지고 왔는데 저 혼자만 가져왔기 때문이다. 안 가져온 것이 나쁘고 가져온 것이 잘한 일이라면 자랑스럽게 여겨야 옳은 일인데, 모두가 잘못하면 잘한 사람이 도리어 부끄러워지는 것일까? 그러나 이것은 아무래도 마음이 약하기 때문이다. 이 아이도 이런 것을 깨닫고, 시로 이렇게 써서 자기가 옳았다는 것을 말하고 싶었는지도 모른다.

비료 지기

정창교 대곡분교 3학년

아버지하고
동장네 집에 가서
비료를 지고 오는데
하도 무거워서
눈물이 나왔다.
오다가 쉬는데
아이들이
창교 비료 지고 간다
한다.
내가 제비보고
제비야,
비료 져다 우리 집에
갖다 다오, 하니
아무 말 안 한다.
제비는 푸른 하늘 다 구경하고
나는 슬픈 생각이 났다.

(1970. 6. 13.)

• 짐차가 들어올 수 있는 동사무소에서 이 아이 집이 있는 곳까지 10리가 넘는 험한 산길을 초등학교 3학년 아이가 비료(한 포대의 무게 25킬로그램)를 져다 날랐다는 것은 예사로 고된 일이 아니다. "하도 무거워서/ 눈물이 나왔다"란 말은 그래서 나온 말이다. 다른 동무들도 조그만 창교가 비료를 지고 간다고 놀란다. 이럴 때 푸른 하늘을 마음대로 날아다니는 제비가 있어, 무거운 짐에 짓눌린 이 아이의 몸과 마음이 그 제비와 잘 대조가 되어 나타났다.

나락을 지고

안죽도 두 번만 지면 된다.
또 한 번만 지면 다 진다.

(1968. 10.)

* 나락: 벼. 경상 · 전라 · 충청 지방에서는 모두 '나락'이라 했다.
* 안죽도: 아직도.
* 가을에 볏단을 져 나르면서 이제 몇 번을 지면 되는가를 세며 고된 일을 참
고 있는 모습이 단 두 줄에 잘 나타나 있다.

오늘 아침

정봉자 청리 3학년

도랑으로 갔다.
요강을 보하게 가시 가지고
집으로 오니
아침을 먹는다.
나도 아침을 먹었다.

(1963. 9. 28.)

* 보하게: 보핳게. 보얗게. 하얗게.
* 가시: 가셔. 씻어.
*《어린이는 모두 시인이다》에는 제2행이 "가서 오강을 보하게 가시 가지고"
로 되어 있다.-편집자

저녁놀

방에서 공부를 하고 있는데 누나가
"인원아, 물 들로 가자" 한다.
책을 치우고 삽작걸로 가면
저녁놀이 붉게 비친다.
물을 길어 오면 저녁놀이
내 얼굴을 비춰 준다.

(1964. 1. 23.)

* 삽작걸: 사립문이 있는 골목.

별

권이남 공검 2학년

새벽에
어머니하고
밥하러 나가니
꾸정물 속에
별이
반짝반짝한다.
엄마, 저거 봐, 하니
별이 자꾸 반짝거린다.

(1958. 12. 18.)

아기 업기

이후분 김룡 6학년

아기를 업고
골목을 다니고 있다니까
아기가 잠이 들었다.
아기가 잠이 들고는
내 등때기에 엎드렸다.
그래서 나는 아기를
방에 재워 놓고 나니까
등때기가 없는 것 같다.

(1972. 9. 2.)

* 있다니까: 있으니까.
* 등때기: 등어리. 등.
* 농촌 아이들의 짐 지는 일은 아주 어릴 때 제 동생을 업는 일에서부터 시작
된다. 어른들도 아기를 한참 업고 있으면 고달픈데 아이들이 업는 것은 말할
것도 없다. "등때기가 없는 것 같다"란 말은 아기를 업어 본 사람이 아니면
느낄 수 없다. 살아 있는 시는 살아 있는 말로 쓰고, 살아 있는 말은 살아가는
그 속에서만 얻어 낼 수 있는 것이다.

내 마음

이승영 대곡분교 2학년

내 마음에는 날마다 놀았으면 좋겠다.
그래도 사무 일만 시킨다.
내 마음에는 도망갔으면 좋겠다.

(1969. 10. 10.)

* 사무: 사뭇. 내쳐. 잇달아.
* 농촌 아이들은 일을 많이 한다. 더구나 산촌에 갈수록 어른들과 같이 고된 일을 해야 한다. 산골에 사는 이 아이는 그래서 노는 것이 소원이다. 그렇게 놀고 싶은데도 사뭇 일만 시키니 어찌해야 하나? 죽자 살자 해야 하는 일에서 벗어나려면 결국 도망을 가는 수밖에 없다. 에라 모르겠다, 도망이라도 가버릴까? 그러나 물론 도망간다고 해서 놀면서 살아갈 곳이 어디 기다리고 있는 것은 아니다. 하도 일에 시달리다 보니 그런 생각이 나는 것이다. 도시 아이들은 일을 안 하고 일을 너무 안 시켜서 몸과 마음이 병들지만 농촌 아이들은 반대로 일을 너무 해서 병들고 있다. 그래도 일을 너무 해서 드는 농촌 아이들의 병보다는 일을 너무 안 해서 드는 도시 아이들의 병이 한층 더 고약하여 사람의 마음을 아주 돌이킬 수 없도록 망가뜨리는 것이 아닌가 싶다.
이 아이는 '내 마음'이라는 제목으로 지금 자기 마음을 차지하고 있는 가장 큰 문제, 가장 참을 수 없고 또 말하고 싶었던 절실한 문제를 써 놓았다. 시를 쓰는 바탕이 되는 정직한 태도를 가졌기 때문이다.

나뭇잎을 끌어내며

유태하 청리 6학년

연못에 들어 있는
나뭇잎을 쓸어 내다가
나도 모르게
일하기 싫어졌다.

비를 들고 서서
동화 이야기를 생각하다가
문득
바보 이반을
생각하였다.

아무리 아파도
일을 한다는
바보 이반,
바보 이반을 생각하면서
다시 나뭇잎을
깨끗이 끌어내었다.

(1966. 11. 6.)

* 나뭇잎을 쓸어 내다가 왜 하기 싫어졌을까? "나도 모르게" 하였지만 까닭이 있었을지 모른다. 같은 청소 당번 아이들이 모두 가 버리고 저 혼자만 남아 일하게 되었다든가 해서. 아무튼 이럴 때 비를 내던지고 저도 놀아 버렸다면 이런 시는 나올 수 없었을 것이다. 그런데 이 아이는 비를 들고 서서 동화 이야기를 생각했다. 그리고 톨스토이의 동화 〈바보 이반〉이 생각났단다. 바보 이반은 동화 얘기를 생각하다가 "문득" 생각난 것이라 했지만, 비를 들고 서서 동화 얘기를 생각한다는 것은 우연히 그렇게 된 것이 아니고 뭔가 저 혼자만 좋도록 살고 싶어 하는 마음을 이겨 보자는 참마음의 노력이 나타난 것이 아닌가 싶다. 그래서 곧 바보 이반도 생각해 냈던 것 같다.

이 시는 조그만 자기를 누르고 더 큰 자기를 가지려고 애쓰는 한 소년이 그 마음의 자라남을 보여 주는 좋은 시다.

내 손

김웅환 대곡분교 3학년

내 손은
안 씻어 가지고
한짝 손이 자꾸 튼다.
칼 있는 아이한테
칼 좀 빌려 달라고 하면
안 빌려준다.
내 손이 터 가지고
피 묻을까 봐 안 빌려주나.
왜 안 빌려주노.
그리고 글때
손을 끊었는 게
안죽도 터가 있다.
눌리면
아프다.

(1969. 11. 25.)

* 한짝: 한쪽.
* 글때: 그때.
* 안죽도: 아직도.

* 겨울철에 손이 자꾸 트는 것은 자주 씻지 않아서 그럴 수도 있지만, 그보다도 일을 많이 하는 사람은 손이 튼다. 이 시에는 글쓴이가 일하는 아이란 것이 잘 나타나 있다. 낫을 가지고 나무를 하다가 손을 벤 일이 있는 이 아이는 연필을 깎을 칼 하나 사 쓰지 못하고 있다. 그래 칼 가진 아이한테 칼 좀 빌려 달라고 하면 빌려주지 않아서 '내 손이 터 가지고 피 묻을까 봐 안 빌려주나, 왜 안 빌려주노?' 하고 생각한다. 피가 나도록 손이 튼 이 아이는 그래도 그 튼 손을 조금도 부끄럽게 생각하지 않는다. 왜 그런가? 그것은 일하면서 힘껏 살아가고 있는 생활을 부끄러워하지 않기 때문이다. 그래서 피가 나도록 터 있는 손을 내밀고 칼을 빌려 달라고 하고, 안 빌려주는 데 대해서 "피 묻을까 봐 안 빌려주나./ 왜 안 빌려주노" 하고 퉁명스럽게 말하는 것이다. 이 말 속에는 일하면서 열심히 살아가는 아이의 당당한 태도와, 그런 태도에서 우러난 싱싱한 감정이 잘 나타나 있다. 터서 갈라져 피가 묻은 손의 얘기가 이렇게 훌륭한 시로 된 것은 거기 생활과 마음의 진실이 있기 때문이다.

2부

청개구리

필통

김순규 길산 4학년

연필이 일을 하다가
따뜻한 엄마 품에
가만히 누워 있다.

(1976. 11.)

풀

김용구 청리 4학년

독 새에 풀 한 포기 억지로 빠져나와 해를 보려고 동쪽으로 고개를 드는데, 동생들이 호매로 쪼아 가면 그 풀뿌리는 또 억지로 나오니라고 얼마나 외로이 얼마나 애를 먹을까?

(1964. 3. 7.)

* 독: 돌.
* 새: 사이.
* 호매: 호맹이. 호미.
* 나오니라고: 나오느라고. 나온다고. 나올라고.

모래

남경자 대곡분교 2학년

모래가 반짝반짝거린다.
해가 뜨니 좋아서 반짝거린다.

(1968. 9. 21.)

청개구리

백석현 대곡분교 3학년

청개구리가 나무에 앉아서 운다.
내가 큰 돌로 나무를 때리니
뒷다리 두 개를 펴고 발발 떨었다.
얼마나 아파서 저럴까?
나는 죄 될까 봐 하늘 보고 절을 하였다.

(1970. 5. 23.)

* 짓궂은 장난을 쳐 놓고, 저 때문에 아파서 떨고 있는 청개구리를 보자 잘못
했구나, 하는 생각이 들어 "하늘 보고 절을 하였다"니 참으로 순진하고 아름
다운 어린이 마음이다. 사람이 자연과 어울려 살면 그 마음이 저절로 이와 같
이 착하게 되는 것 아닐까.

콩밭 개구리

정정술 청리 4학년

아이들이 콩밭 개구리를 잡아 가지고
산에 가서 꾸어 먹었다.
소고기보다 더 맛이 좋다 한다.
불쌍한 콩밭 개구리.

(1964. 5. 9.)

* 꾸어: 구워. 꾸워. 꿉어.

까치 새끼

백석현 대곡분교 3학년

까치집을 떠니
새끼가 세 마리 있다.
한 마리를 가주가니
까치 어미가 깩깩깩깩
하면서 어쩔 줄을 모른다.
나무를 막 쫓는다.
어미도 불쌍하고 새끼도 불쌍해서
갖다 놓고 왔다.

(1970. 5. 9.)

* 떠니: '안에 있는 것을 죄다 잡아내니' 하는 말.
* 가주가니: 가지고 가니. 가져가니.

죽은 새

김윤원 청리 4학년

입이 발갛고
이상한 새.
담 밑에
묻어 준
새.

(1964. 6. 22.)

죽음

사람이나 새나 죽으면 불쌍하다.
우리가 새를 죽여도 불쌍하다.
새가 우리를 죽여도 불쌍하다.

(1968. 12.)

* 제 손가락에는 피가 조금 나도 울고불고하면서 남의 몸에는 큰 상처가 나
도록 해 놓고 아무렇지도 않게 여기는 사람이 있다. 그런 사람은 이름이 사람
이지 짐승보다 못하다. 사람은 이 세상에서 누구나 함께 살아갈 권리가 있다.
사람뿐 아니고 다른 짐승이나 새나 곤충까지도 함부로 죽이는 것은 죄악이
다. "우리가 새를 죽여도" "새가 우리를 죽여도" 불쌍한 것이다. 이 세상에서
살아가는 모든 것은 한 형제라는 높은 생각의 싹을 이 아이는 가지고 있는 것
이다.

뱀

김인향 김룡 5학년

학교 오는 길에
뱀을 보았다.
뱀은 죽어 있었다.
입은 돌멩이에 찢겼다.
누가 이랬는가?
나는 아이들이 밟을까 봐
막대기에 걸쳐서 내버리고 왔다.

(1972. 9. 2.)

* 아이들이 밟을까 봐 막대기에 걸쳐서 내버리고 왔다고 했는데, 그렇게 한
것은 아이들을 생각한 때문이 아니라 죽은 뱀을 가엾게 생각한 때문이다. "입
은 돌멩이에 찢겼다./ 누가 이랬는가?"에서, 참혹한 짓을 한 아이들을 원망하
는 이 아이의 마음이 잘 나타나 있다.

소 먹이기

김욱동 대곡분교 3학년

소야,
여게 풀 많다.
여기서 먹어라.
소는 그래도 안 온다.
소는 지 마음대로 한다.
소는 부엉이 소리가 나도
겁도 안 나는 게다.
사람 있는 데 안 온다.

(1970. 6. 13.)

소

아버지가 밭갈이를 하신다.
아버지 목소리는 쇠간이 떨린다.
소는 무서워 어쩔 줄을 모른다.
아버지는 고삐로 이라 탁 때린다.
소는 놀라서 뛰어간다.
소가 뛰는 바람에 아버지 머리에 신경이 확 올랐다.
아버지는 소를 몰고 나와 막 때린다.
소는 들로 뛰어다닌다.
아버지는 소 뒤를 따라가다가 소고삐를 밟는다.
소는 확 돌아서 눈물을 흘린다.

(1964. 4.)

* 아버지가 소를 학대하는 광경을 보고 쓴 것이다. 꼭 하고 싶은 말만으로 그 광경을 눈앞에 선하도록 보여 주고 있지만, 더구나 "아버지 목소리는 쇠간이 떨린다" "소가 뛰는 바람에 아버지 머리에 신경이 확 올랐다" "소는 확 돌아서 눈물을 흘린다"와 같은 말은 본 것 느낀 것이 정확하고 표현이 훌륭하다. "소는 확 돌아서 눈물을 흘린다"고 한 것은 고삐를 밟으니까 코뚜레가 갑자기 당기어 그렇게 되는 것인데, 달리다가 그리되었으니 소가 얼마나 아팠을까. "눈물을 흘린다"란 말에는 글쓴이의 눈물까지 나타나 있는 것 같다.

개구리

저녁때 논두렁에 가면 개구리들이
개굴개굴 하고 울어요.
모포기 상간에 개구리와 올챙이들이 끼어서
엄마 개구리 새끼 개구리들 울고 있어요.
새끼 개구리는 천생 엄마 엄마 하는 것 같아요.
그것을 들을라고 논두렁에 두 발 쪼그리고
앉아 있다가
해가 지는 줄도 모릅니다.
개구리 소리 들으면 참말 개구리도
사람과 같다는 생각을 해요.

(1976. 7.)

* 상간에: 사이에.
* 천생: 꼭.

파리

임춘화 김룡 4학년

파리가 자꾸 밥에 매달려서
엄마가 쫓아도 자꾸만 먹는다.
내가 쫓아도 날아갔다 또 와서 먹는다.
들에만 갔다 오면 밥상에 매달려 있다.
(1972. 5. 19.)

잠자리

안영숙 길산 6학년

저녁때가 되니
잠자리들이
어디서 날아오는지
벌떼 같았다.
한참 동안 바라보니
잠자리는 이상하게도
무용을 하고 있는 것 같았다.
저희들끼리
내가 보는지 몰라서
부끄러움도 없이
예쁘게 무용을 하고 있었다.
동그라미를 그리다가
갑자기 확 날아갔다가
또 모여들어서
정말로 예쁘게 보였다.

* 질들였는지: 길들였는지.

어느 누가 질들였는지
참 예쁘게도
무용을 가르쳤다고
생각했다.

(1977. 6.)

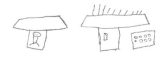

* "내가 보는지 몰라서"는 '내가 보고 있는 줄도 모르고'란 말이다. 보고 있는
줄 알았으면 부끄러워 달아났을 텐데…… 하고 생각하는 것은 역시 시골 아
이다운 마음이다.

매미

반종숙 김룡 6학년

어디서 날아왔는지
매미 한 마리
배나무 가지에
붙어 있었다.
매미는 무척
배가 고파 보였다.
힘없이 슬슬
배나무 꼭대기로
올라가는 매미,
배가 고파 노래도 못 부르는가?
나는 멍하니
그 매미만 바라보았다.

(1972. 9. 2.)

* 아마 암매미를 본 것이리라. 남다른 것을 보고 느낀 점이 좋다.
* 《어린이는 모두 시인이다》에는 제5, 6행이 "매미는/ 무척 배가 고파/ 보였
다" 석 줄로 되어 있다.–편집자

토끼

김완기 김룡 4학년

학교에 오다가 석규에게
토끼를 먹이고 싶다 하였다.
돈이 모자라 못 먹인다고 하니
석규는 우리 토끼 갖다 먹이라고 한다.
나는 어찌나 기쁜지 몰랐다.
나는 지금도 토끼 생각만 하고 있다.
토끼 먹이고 싶던 것 오늘에 통일되었다.

(1972. 9. 2.)

* "통일되었다"는 '소원이 이루어졌다'는 말로 썼다.

개와 복숭아

이재흠 대곡분교 3학년

개가 어디서
복숭아를 하나 따 가지고
우리 집으로 와서 먹는다.
아주 맛있게 먹는다.
먹는 소리가 새근새근 난다.
하도 맛있게 먹어서
나도 뒷산에 올라가
복숭아를 하나 따 먹어 보니
아주 맛도 없었다.

(1969. 6. 8.)

살구

홍성호 대곡분교 3학년

승영이와 살구나무에 올라가
살구를 따 먹으니 쓰다.
승영아, 니는 안 쓰나? 하니
승영이가 니는 안 쓰나? 해서
나는 웃었다.

(1970. 7. 11.)

* 살구가 이제는 어지간히 맛이 들었지, 하고 나무에 올라가 따 먹어 보니 뜻
밖에 시다. 그래서 이 아이는 같이 나무에 올라가 따 먹고 있는 승영이에게
"니는 안 쓰나?" 하고 묻는다. 그런데 승영이는 대답 대신 똑같은 말을 되묻
는다. 승영이도 신맛이라, 이 아이에게 물어보고 싶었던 것이다. 이 아이는 그
런 승영이의 마음을 알고 웃었다는 것. 간단한 문답 속에 숨어 있는 두 아이
의 마음을 읽을 수 있다.
"쓰다"고 썼는데, 아마도 '시다'(씨다)란 말을 이렇게 썼을 것이다. '시다'는
'씨다' '시그럽다' '씨그럽다' '새구랍다'…… 따위로 말한다.

유리창

남경자 대곡분교 3학년

유리창에 입김을 불어서
곱하기를 꼭두배기로 올라가니
명자가 심이 놀아서
"경자야, 야야, 그래지 마라"
한다.
난 자꾸 하기만 했다.

(1969. 11. 8.)

＊ 이 아이는 아침에 학교에 와서 심심하자 교실 유리창에다 입김을 불어서 손
가락으로 그리기 시작했다. 곱하기표를 해서 위로 자꾸 올라가는데, 보고 있
던 명자가 괜히 샘이 나서 "경자야, 야야, 그래지 마라" 한다. 이 아이는 명자
의 이런 빤히 들여다보이는 마음을 모른 척하고는 자꾸 그대로 곱하기표를
그렸다는 것이다. 아마도 '내가 재미가 나서 하는 건데 네가 왜 하지 말라고
하느냐' 하는 마음으로 약을 올려 주고 싶었던 것이리라. 두 아이의 묘한 마
음의 움직임이 잘 나타나 있다. "심이 놀아서"는 '샘이 나서'란 말이다.

돌

김선모 대곡분교 3학년

학교에 오다가 큰 돌을 딛지 않고 오려니까 큰 돌을
하나 밟았다. 오늘 학교에 가면 재수가 없을 것이다,
하고 마음먹고 와서 공부를 하니 두 개가 틀렸다.

(1970. 5. 30.)

* 돌이 많은 산골에 사는 아이. 냇가는 물론이고 산에도 길바닥에도 돌이다.
그래서 학교에 갈 때만은 돌을 안 밟고 가야 재수가 있지, 공부를 잘하게 되
지…… 어느덧 이렇게 저 혼자 생각하게 되었다. 이날 아침에도 그렇게 생각
하며 학교에 오는데, 그만 큰 돌 하나를 밟아 버렸다. 이거 재수 없겠다, 하고
학교에 와서 공부를 하니 정말 산수 시간에 두 개가 틀렸다.
물론 돌을 밟은 것이 원인이 되어 산수 문제가 틀린 것은 아니지만, 이 아이
는 정말 그렇게 생각했던 것이고, 또 우리들 마음속에는 누구나 이와 비슷한,
이치에 맞지 않는 생각을 하는 수가 있다. 이치에 안 맞다 해서 시가 된 것이
아니라, 자기만이 가진 마음의 세계가 시로 된 것이다.

산신령님

남경자 대곡분교 3학년

감을 지르면
청돌이 우루루 울어서
산신령님이 놀래면
우리는 죄가 있어서 죽는다.
글키 때문에 감을 안 질러서
깊은 산속에 있는 산신령님이
안 놀래도록 해야 한다.
감을 지를라면
지가 죽을 요량하고 질러야 한다.

(1969. 5. 9.)

* 감: 고함.
* 글키: 그렇기. 그러기.
* 지가: 저가. 제가. 자기가.

버들강아지

이수자 대곡분교 2학년

태기야, 을자야, 성순아, 마구 날 보래.
버들강아지 먹어 보래. 안 씨워, 먹어 보래.
을자야, 니는 씨와?
나는 씹다.
경자야, 니는 안 씨와?
경자는 맛 좋다 한다.

(1970. 3. 28.)

* 마구: 모두.
* 보래: 봐.
* 안 씨워: 안 써. 안 쓰다.
* 니: 너.
* 씨와?: 씨냐? 쓰냐? 쓰니?
* 씹다: 씨다. 쓰다.
* 저와 같이 맛 좋다고 하는 경자가 반가웠던 것이다. 이렇게 동무들과 재미
나게 지껄인 말도 시가 될 수 있다.

송구

김숙자 대곡분교 3학년

송구 한 개를 벗기니
물이 서북서북하고 단 게
송구도 덜 벗겼는데
춤이 꿀꿀 넘어가서
훌훌 핥아 먹었다.
막 훑어 먹었다.
한 개 다 먹고
꽁알 주까 새알 주까 쌔,
했다.

(1970. 4. 17.)

* 춤이: 침이.
* "송구"는 송기란 것인데 소나무의 속껍질을 말한다. 옛날에는 봄에 송기떡
송기죽을 만들어 먹었고, 아이들도 산에 가면 소나무 가지를 꺾어 겉껍질을
벗겨 내고 속 부분을 핥아 먹었다.
다 먹고 하얀 막대기만 남으면 '꽁알(꿩알) 주까(주울까) 새알 주까 쌔!' 하
면서 그것을 내던지는데, 막대기가 목표하는 곳에 생각대로 떨어지면 그날은
멧새알이나 꿩알을 줍게 될 운수 좋은 날로 여겨서 좋아했다.

그네

백석현 대곡분교 3학년

그네를 뛰니
나는 것 같다.
한참 오를 때
줄을 놓으면
멀리 날아가겠지.
그래도 줄을 놓을까 봐
겁이 난다.
어라 춘추여!
큰 소리를 지른다.
나뭇가지도 좋아서 춤을 춘다.

(1970. 6. 10.)

* 이 시는 지나가 버린 일을 다시 생생하게 머릿속에 그려서, 지금 바로 그네를 타고 있는 것처럼 써 놓았다. 놀이를 한 것을 시로 쓸 때는 될 수 있는 대로 놀이를 한 바로 뒤에 쓰는 것이 좋다. 시간이 오래 지나면 감동이 식고 잊어버린다.

산에서 놀기

박귀봉 대곡분교 3학년

산에 놀러 가자.
아이들 많이 데리고 오너라.
숙자야, 너도 가자.
옥자야, 너도 가자.
귀숙아, 귀네야,
모두 가자.
산으로 가자.
산에 가면
어라, 나무딸이 있네.
서로 먹을라고
하지 마라.
나무딸 실컷 따 먹고
나뭇가지에 올라가서 놀자.

* 나무딸: 나무딸기. 산딸기.

노래를 부르자.

숙자야, 해랑아, 노래해라.

옥자야, 저 건너 불이야 해라.

애들아, 모두

산에 가서 놀자.

(1970. 6. 30.)

* 이 아이는 산으로 놀러 가자고 동무들에게 지껄이고 있다. 산에 가서 딸기
를 따 먹고 나무에 올라가 노래를 부르고…… 하고 싶은 것을 차례로 말하면
서 동무들의 이름을 불러 가며 하자고 지껄여 꾀고 있다. 그 지껄이는 말 속
에 아이들이 노는 모양을 나타내고 있다.

이렇게 하고 싶은 것을 동무들에게 이야기하는 모양으로 써서 자기의 마음을
나타내거나 경치, 또는 어떤 일을 나타내면 그 말들이 바로 입으로 하는 말이
기 때문에 아주 싱싱한 느낌을 준다.

딸 따 먹기

권상출 대곡분교 3학년

덤불을 헤치며 들어가는데
머가 내 발등에
미키적 하였다.
나는 고마
가슴이 펄떡하였다.
가만히 보니
짝두 꼬지가 그랬다.
짝두 꼬재한테 오지게도 속았다.

(1969. 6. 10.)

* 딸: 딸기.
* 머가: 뭐가. 무엇이.
* 미키적: 몸에 무엇이 닿아 움직이는 느낌을 나타내는 말.
* 고마: 고만. 그만.
* 짝두 꼬지, 짝두 꼬재: 짝두 꼬쟁이. 작대기 꼬쟁이. 조그만 막대기.
* 오지게: 오달지게. 야무지게. 알차게. 아주 깜쪽같이.
* 이 시는 딸기를 따 먹으려고 덤불 속에 들어갔다가 발등에 조그만 막대기가
와 닿은 것을 뱀이라고 깜짝 놀랐던 일을 썼다. "짝두 꼬재한테 오지게도 속
았다"고 한 말에 느낌이 잘 나타났다.

개양감꽃

최성희 경주 2학년

개양감꽃이 널찌마 자 먹고,
바라고 있다가 떨어지면 자 먹고.

(1967. 5. 23.)

* 개양감꽃: 고욤꽃. '고욤'은 지방에 따라서 '개양' '개양감' '곰' '괴양' '쾨양'
'괴욤' '괴염' '뀜'……이라고 한다.
* 널찌마 자 먹고: 떨어지면 주워 먹고.
* 바라고: 바라보고. 쳐다보고.

대추나무

홍옥분 대곡분교 2학년

대추나무 위에 올라가
대추꽃이 핀 것을 보고
싱글방글 웃을 때
참새가
내 머리 위에 지나간다.

그렁지에 놀던
영자가
저쪽 가지에
올라와
누가 먼저 내려가나 하자,
한다.

그래, 하자.
내가 먼저 대추나무에서
풀쩍 뛰었다.

(1968. 6. 26.)

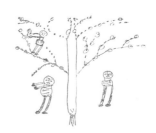

* 그렁지: 그늘.
* 동무들과 재미있게 놀고 나면 그것을 시로 쓰고 싶을 때가 있다. 그럴 때는
조금 전에 한 것을 다시 잘 생각해 내어서(다시 살려 내어서) 지금 막 놀고
있는 것처럼 써야 한다.

감

박운택 청리 3학년

감을 따 먹다 들켰다.
아, 이놈 자식
거기 서 봐라
카미 막 따라온다.
감을 두 개주 따 가
막 내뺐다.
그래 내빼서
감을 내보니
노랗게 익은 게 참 좋다.
햇빛에 발갛다.

(1963. 9. 28.)

* 카미: 하며. 하면서.
* 개주: 개주머니. 개주멍이. 개주미. 호주머니.
* 따 가: 따 가지고. 따서.

팽이

여갑술 대곡분교 2학년

팽이를 치면 윙…… 소리가 나네.
소리가 나면 하늘이 가만히 듣고 있네.
온 땅이 윙 그며 듣고 있네.
팽이는 아파서 우는가, 안 아파서 우는가.
윙…… 자꾸 소리가 나네.

(1970. 11. 21.)

* 팽이: 팽댕이. 팽대이. 팽데기. 팽딩이. 팽디. 팽도로기.
* 윙 그며: 윙 하며.
* 가을걷이가 대강 끝날 무렵이면 아이들은 관솔옹이(관솔팽다리-송진이 엉
긴 소나무의 옹이)를 다듬어 팽이를 만들어 친다. 늦가을의 맑은 하늘, 고요
한 땅을 울리는 팽이 소리를 잘 나타내었다.

연날리기

김경수 칭리 3학년

나는 밤새에서 연을 날리고 있다.
연실을 가지고 있는 손이 언 것 같다.
연은 높이높이 떠서 소리 없이 있다.
연은 바람하고 이야기하고 놀고 있다.
손은 연실을 감느라고 재미있게 있다.
연은 인제 실을 감으니 많이 안 올랐다.
연은 인제 내 키로 낮기 올라가 있다.
연은 인제 땅에 떨어져 가만히 앉았다.

(1964. 1. 20.)

* 낮기: 낮게.
* 이 책을 엮은이가 가르친 칭리초등학교 아이들 시 모음 《허수아비도 끽끌로
덕새를 넘고》에는 제1행의 "밤새에서"가 "밤새서"로, 제3행의 "높이높이 떠
서"가 "높이높이"로, 제1행과 제7행의 "있다"가 "있었다"로 되어 있다.-편집자

무지개

길가
조그만 물웅덩이에
파랗고 빨갛고 노랗고
색색의 무지개
나무 작대기를 가지고
무지개에 대면
작대기에 무지개가 묻는다.

(1968. 6. 13.)

종

이재흠 대곡분교 3학년

복도 기둥 위에
종 그림자가 보이네.
종은 나를 보고
이리 와, 하하하
웃는 얼굴로 내려다보네.
참 종은 너무도 좋아서
두 볼을 가지고 자꾸 웃는다.

(1969. 12. 23.)

* 친밀한 정으로 종을 대하고 있다. 산골 분교장에서 학교생활을 진정으로 즐
겁게 보내는 아이가 아니고는 이렇게 쓸 수 없다. 복도 기둥 위에 종의 그림
자를 발견하고, 두 볼을 가지고 하하하 웃는 종의 웃음소리를 듣는 아이의 맑
은 눈과 밝은 귀가 부럽다.

내 자지

이재흥 대곡분교 3학년

오줌이 누고 싶어서
변소에 갔더니
해바라기가
내 자지를 볼라고 한다.
나는 안 비에 줬다.

(1969. 10. 14.)

* 안 비에: 안 보여.

해바라기

김용팔 대곡분교 3학년

해바라기가 활짝 피었어요. 어둠 속에서 나와 살아
서 꽃이 피니 얼마나 기쁘겠어요.

(1968. 9. 16.)

코스모스

정순복 청리 2학년

코스모스는
아직 썬나장 피어 있는데
썬나장만 있으면
다 죽습니다.
코스모스는 안됐습니다.

(1962. 11. 17.)

* 썬나장: 서너 개. 조금. 잠깐.

꽃

이재구 김룡 6학년

학교에 오는데
아이들이 꽃을 한 아람씩
꺾어 가지고 온다.
꽃은 꺾으면 사람들이 맡는 향기는
어디로 갈까?
또 아름다움은 어디로 갈까?
나는 이런 생각이 나니
아이들은 자기 생각만 하고
남의 생각은 안 하나, 하고
그 아이들이 자꾸 미워졌다.

(1972. 9. 2.)

안개

산에 숨어 있던 안개가
하늘로 올라간다.
하늘이 자석인지
안개가 딸려 올라간다.

(1968. 11. 21.)

공

김선모 대곡분교 3학년

공을 지르니
도르르 돌면서 올라가서
도르르 돌면서 내려온다.
둥, 하면서 공은 튄다.
튈 때 또 한 방 지르니
구름 따라 올라가다 못 올라간다.

(1970. 3. 20.)

풍선

전경희 비산 3학년

가게에서 풍선을 판다. 어두운 밤에 내가 풍선을 사
서 분다. 터질까 봐 겁이 난다.

그때 펑 하고 소리가 났다. 나는 깜짝 놀라서 보니
까 다이야 빵꾸다.

풍선 안에는 산소가 들었다는데 정말일까?

(1971. 4. 1.)

* 다이야: 타이어.

버스

버스는 달립니다. 나무는 밀려가는 듯이 움직입니다. 버스는 미끄러지듯이 달립니다. 사람들은 손을 흔듭니다. 기쁩니다. 정말 아름다워요. 산에는 단풍, 들에는 누렇게 익은 벼, 버스는 먼지를 내며 달려갑니다. 버스는 재미있는가 봐. 사람들은 버스를 보고 손을 흔들어 준다. 상쾌한 느낌이 들었다. 버스는 그래도 쉬지 않고 달린다. 버스 안에서 잠을 자는 사람도 있었다. 버스는 바퀴 여섯 개를 가지고 달려갑니다. 잘도 달려갑니다. 버스가 달리면 날으는 것 같습니다. 타 있는 사람들은 무섭지도 않은가 봐. 이상도 하지. 참으로 이상하다. 이상한 느낌이 든다. 버스는 자꾸 달린다. 어머니 아버지, 밭의 보리를 가느라고 야단입니다.

(1972. 10.)

• 산문처럼 잇달아 썼다. 버스를 탔을 때의 신나는 기분이 저절로 이렇게 쓰게 한 것이다. 만일 이 시를,

버스는
달립니다
나무는
밀려가는 듯이
움직입니다
……

이와 같이 줄을 짧게 끊어서 쓴다면 어찌 될까. 이렇게 쓴다면 버스가 쉴 새 없이 달려가는 모양과 그렇게 달려가는 버스를 타고 가는 즐거운 심정이 그만 끊어진 줄로 하여 토막이 나 버리고 영 맛이 없는 글이 될 것이다.

비행기 소리

이성윤 대곡분교 3학년

제트 비행기 두 대가
편을 짜서
지 뒤에 따라오는
비행기 소리를 띄울라고
쌕쌕 연기를 내면서
어디론지 가 버리고
비행기 소리는 생생생 울면서
비행기 뒤를 따라간다.

(1969. 12. 15.)

* 지: 저. 제. 자기.

어머니

권종진 대곡분교 3학년

잠자다가 잠결에
어머니가 없다고
갑자기 머리에 떠올랐다.
한참 생각하니
어머니가 병원에 갔는 것이
생각났다.
아, 어머니가 병원에 갔지!
하고 혼자 중얼거렸다.

(1969. 11. 12.)

귀신

권상출 대곡분교 3학년

아무 사람이라도 한 사람이 죽으니 자꾸 귀신이 와서 잡아간다. 또 병이 나서 죽으려 한다. 귀신은 총을 가지고 쏠라 해도 안 비에 못 쏜다. 그래도 약 있는 데는 진다. 어떤 의사는 이기고 어떤 의사는 진다. 아무 사람이라도 한 번 나서 한 번 죽는다. 안만 부자라도 한 번 죽으면 그만이다. 살아 있을 때 아무리 맛있는 것을 먹다가도 죽으면 그만이다. 한번 죽으면 언제 다시 찾아올꼬.

(1969. 11. 1.)

* 안 비에: 안 보여.
* 안만: 암만. 아무리.

사람

홍명자 대곡분교 3학년

맨 처음에
사람은 어째서 생겼노?
각중에
사람 여자 하나가 나타나서
아이를 자꾸 낳아서
또 그 아이가 커서
아이를 놓고 했는 게나?
무연 사람이
나타나지는 않았을 겐데
처음에 뭐가 사람이 되었노?
참 이상하다.

(1969. 11. 17.)

* 각중에: 갑자기.
* 놓고: 낳고.
* 했는 게나?: 했는 걸까? 했을까?
* 무연: 무연하게. 무연히. 인연 없이. 까닭 없이.

125

3부

길

길

이승영 대곡분교 3학년

길은 아무리 걸어도 끝이 없다.
맨 수수 백 리 걸어도 끝이 없다.
돈이 많으면 고향으로 갔으면 좋겠다.
아무리 벌어도 돈은 벌지 못한다.

(1970. 7. 11.)

* 이 아이는 본래 강원도 어느 탄광에서 일을 하다가 병을 얻어 일을 못 하게 된 아버지를 따라와서 산다. 지금 있는 곳은 버스 길에서 40리 산길을 걸어 들어가야 하는 골짜기지만 그런 산골에서도 제 땅 한 평 없이 남의 산비탈 밭을 얻어서 담배 농사를 짓고, 고향에 가고 싶지만 여비가 없다. 일 년 내 강냉이와 감자밥인데 돈이 벌릴 수가 없다. 그래서 가고 싶은 길은 끝없이 멀기만 하다.

촌

김종철 대곡분교 2학년

우리는 촌에서 마로 사노?
도시에 가서 살지.
라디오에서 노래하는 것 들으면 참 슬프다.
그런 사람들은 도시에 가서
돈도 많이 벌일 게다.
우리는 이런 데 마로 사노?

(1969. 10. 6.)

* 마로: '머하로'를 줄인 말. 머(뭐 · 무엇)하러. 뭐할라꼬. 무엇 때문에.
* 산골에서 언제나 땅을 파고 무거운 짐을 져 날라야만 보리밥, 감자밥이라도 굶지 않고 먹을 수 있는 아이들에게는 라디오의 즐거운 노랫소리가 슬프게만 들린다. 그런 즐거운 노래는 먼 남의 나라에서 들려오는 것 같다. 도저히 저들로서는 가까이할 수 없는 것, 들으면 들을수록 자기들의 처지가 더욱더 비참하게 느껴지는 것이다. 왜 우리는 이런 데서 살아야 하나? 도시에 가서 살지. 그러나 도시에 가서 산들 어찌하겠는가? 가진 것 없는 사람들은 거기서도 고난을 받겠지만 이 아이는 그런 것까지 모른다. 그저 고생스러운 산골을 벗어나 즐거운 노랫소리가 들려오는 도시로 가고 싶어 한다. 라디오보다 텔레비전을 들여다보는 요즘 아이들은 도시 생활을 한층 더 부러워할 것이다.

형님

김종철 대곡분교 2학년

형님이 공장에 갈라고 하니
돈이 없어서 못 간다고 한다.
어머니와 아버지는
밤만 되면 걱정을 한다.
형님은 사무 공장에 갈라고 한다.

(1969. 6. 10.)

* 사무: 사뭇. 내처.

보리 가리기

보리를 가린다.
나는 아시고
아버지는 가린다.
나는 아시면서
형님도 대구 가 있고
누나도 대구에 가 있는데
열심히 해야 우리도
대구에 가서 살지,
생각했다.

(1970. 6. 30.)

* 가리기: 곡식 단이나 나뭇단 따위를 차곡차곡 쌓아 더미를 짓는 것.
* 아시고: 가릴 수 있도록 곡식 단을 갖다주는 것을 '아신다'고 한다.

미끄럼틀

정창교 대곡분교 3학년

파란 미끄럼틀에
아이들이
빨강, 까망 옷을 입고 탄다.
내가 새처럼 날아서
고향 가고 싶다.

(1970. 6. 4.)

* 강원도 어느 탄광촌에서 이사해 온 아이다.

때까치

이선교 대곡분교 3학년

때까치가 깩깩
하며 날아다닌다.
날개가 있어 놓니
저렇게 높은 데 올라간다.

(1969. 6.)

도시

이용대 대곡분교 2학년

도시는 제일 편타.
농사도 안 짓고
차도 만날로 탄다.

(1969. 11. 1.)

* 시골 아이들은 도시를 일 안 하고 놀기만 하는 사람들이 사는 곳으로 안다.
버스도 못 본 아이들이니 날마다 차를 탄다는 것은 또 얼마나 부러운 일인가.

서울

이승영 대곡분교 2학년

나는 서울을 갔으면 좋겠다.
서울 가면 기술도 배우고
돈도 번다.
그런 데 가면 사람도 약아질 게다.

(1969. 11. 1.)

* 이 아이는 막연히 도시를 공상하고 있는 것이 아니라 정말로 서울에 가
서 기술도 배우고 돈도 벌고 하여 살아갈 생각을 해 본 것 같다. "그런 데 가
면……" 하고 사람이 약아질 것까지 생각하고 있다.

바다

김윤원 청리 3학년

푸른 바다 보고 싶다.
저 먼 미국에 가 보고 싶다.
생각에 내가 고래라면.
고래가 아니면 상어라면.

(1964. 1. 13.)

고속도로

김선모 대곡분교 3학년

아침을 먹고 위아재께서 고속도로 이야기를 하여
주셨다. 우리 나라 고속도로는 마구 미국 거라고 하셨
다. 왜요? 하니 미국 돈을 갖다 썼기 때문이지 하신다.
그럼 그 돈을 어애 갚아요? 하니 나라를 팔아야지 하
고 말하셨다. 팔려 가니껴, 하니 몰래, 하신다. 나는 팔
려 가까 봐 겁이 났다.

(1970. 7. 11.)

* 위아재: 외아재. 외아저씨. 위삼촌. 외삼촌.
* 마구: 모두. 죄다.
* 어애: 어째. 어찌. 어떻게.
* 가니껴: 가는가요.
* 몰래: 몰라.
* 초판에 싣지 못했던 작품이다.

급식 과자

엄용진 대곡분교 3학년

세 보따리 먹고 싶다.
먹으면 얼마나 좋겠노.
달삭하며 맛도 좋다.

(1969. 6. 10.)

강냉이죽

김성환 청리 3학년

강냉이죽 끼리는 데 가 보니
맛있는 내금이 졸졸 난다.
죽 끼리는 아이가 숟가락으로
또독또독 긁어 먹는다.
난도 먹고 싶다.
그걸 보니 춤이 그냥 꿀떡
넘어간다.
참 먹고 싶었다.

(1963. 9. 26.)

* 끼리는 데: 끓이는 데. 끓이는 데.
* 내금: 내음. 내미. 냄새.
* 난도: 나도.

• 학교의 급식용으로 강냉이 가루가 나왔을 때 그것으로 큰 솥에다 죽을 끓였다. 이 작품은 그 죽 끓이는 곳을 보고 쓴 것이다.

배가 고픈 아이에게는 먹는 것보다 더 큰 일이 없다. 사람의 생활에서 먹고 입는 일이 가장 중요하고, 사실 우리는 그것 때문에 늘 매달려 있는데, 먹는 얘기를 글로 쓰는 일이 별로 없다. 이것은 어딘가 잘못된 것이다. 더구나 늘 끼니를 걱정하고 배고픔을 참아야 하는 아이가 시를 쓸 때 생활에 조금도 걱정이 없는 아이들이나 쓸 듯한 시를 쓴다면 그것은 자기와 남을 속이는 짓이고, 그런 작품이 좋은 시가 될 수 없다. 먹고 싶은 것, 갖고 싶은 것을 한번 마음껏 써 보는 것도 좋다. 남의 흉내가 아닌 자기 자신의 소리는 이렇게 해서 시작될 것이다.

밥

이재흠 대곡분교 2학년

밥은 많다. 큰 그릇에 담아 보니 적고 작은 그릇에
담아 보니 많다. 나는 밥을 많이 먹고 싶다. 보기에는
많아 보여도 먹어 보니 적다.

(1968. 11. 21.)

쌀밥

정창교 대곡분교 2학년

쌀밥이 먹구 싶다.
쌀밥을 먹을라 해도 쌀이 없다.
지사가 오면 쌀밥을 먹을까
생일이 오면 먹을까
쌀밥이 자꾸 먹고 싶다.

(1969. 12. 23.)

* 지사: 제사.
* 산골에서는 논농사를 못 하고 거의 모두 산밭을 쫓아 감자나 옥수수를 심어
먹는다. 이런 사람들은 좀처럼 쌀밥을 먹을 수가 없고, 아이들은 이와 같이
쌀밥 먹는 것이 소원이다.

고구마

홍성희 대곡분교 3학년

오늘은 땅재 고구마를 안 캐나?
생각이 자꾸 난다.
학교에서 그 생각만 자꾸 난다.

(1969. 10. 10.)

땅콩

김후남 대곡분교 3학년

내려오며 땅콩을 보니 먹구 싶다.
언제 땅콩 캐 먹으꼬
내 혼자 가마이 캐 먹어 부까.
언니한테 그캤다.

(1969. 10. 6.)

* 먹으꼬: 먹을꼬.
* 가마이: 가만히. 남몰래. 몰래.
* 먹어 부까: 먹어 버릴까.
* 그캤다: 그렇게 말했다.
* "내려오며"는 '학교에 오며'라는 말이다. 이 아이가 사는 마을에서 학교에
오는 길은 골짜기를 따라 내려오는 길이다.

자두

정명옥 청리 4학년

과수원에 있는 자두
빨간 자두
내 입에 들어가는 것 같다.

(1964. 6. 22.)

* 자두: 자도. 오얏. 외추.

떡가래

주형철 청리 3학년

우리는
쌀이 없어서
떡을 안 뺐다.
나는
영도네 떡이
김이 솔솔 나는 기
울고 싶다.
우리가 부자가 되었으면
하는 생각이 난다.
내 마음엔 내가
떡가래를 막 먹는 같다.

(1964. 2. 12.)

* 설이 되어도 떡을 만들어 먹을 수가 없다면 그런 집 아이들은 얼마나 서러
울까? "나는/ 영도네 떡이/ 김이 솔솔 나는 기/ 울고 싶다"고 하고, 마음속으
로 부자가 되어 떡가래를 먹어 보는 이 아이는 시를 써서 조금은 위안을 얻었
을 것이다.

눈물

이달수 청리 5학년

학교에서 점심시간만 다가오면
나는 눈물이 난다.
그래도 동무들이 보는 데는 울지 않아도
나 혼자 울 때가 있다.
우리 집에는 양식이 없어
밥을 먹지 않을 때가 많다.
집에 돌아와 보면 동생들이
배고파서 울상을 하고 있다.
점심도 나물죽을 끓여 먹기 때문에
그런 것이다.
산수 예습을 하면서 나는
공부만 잘하면 제일이라고 생각했지만
지금 일기를 쓰고 있는 나의 눈에는
또 눈물이 비 오듯 하는 것이다.

(1963. 4. 29.)

할머니

남경자 대곡분교 3학년

우리 할머니가 편찮으시다.
하마 열닷새 만이다.
"경자야, 다리 주물러 다오."
할머니께서 말씀하신다.
"내가 죽어서
가남으두둘에 갖다 묻어 놓으면
경자 니가 와서
애고, 우리 할매 안 죽었을 때
나한테 다리 팔 그클 주물러 달라 하디
이제는 아무 말도 안 한다, 할 텐데"
하신다.
나는 눈물이 났다.

(1969. 12. 23.)

* 그클: 그렇게도.
* 하디: 하더니.

아버지의 병환

김규필 대곡분교 3학년

우리 아버지가
어제 풀 지로 갔다.
풀을 묶을 때 벌벌 떨렸다고 한다.
풀을 다 묶고 나서
지고 오다가
성춘네 집 언덕 위에 쉬다가
일어서는데
뒤에 있는 독맹이에 받혀서
그 높은 곳에서 떨어질 때
풀하고 구불어 내려와서 도랑 바닥에 떨어졌다.
짐도 등따리에 지고 있었다.
웬 사람이 뛰어와서
아버지를 일받았다.
앉아서 헐떡헐떡하며
숨도 오래 있다 쉬고 했다 한다.
내가 거기 가서
그 높은 곳을 쳐다보고 울었다.

(1969. 6. 10.)

* 지로: 지러.
* 독맹이: 돌멩이. 돌.
* 구불어: 굴러.
* 등따리: 등떠리. 등때기. 등어리. 등.
* 일밨았다: 일으켰다.
* 아버지 이야기를 써 내려가다가 마지막 두 줄에서 자기의 행동을 간단히 적어 놓았다. 그저 있었던 일을 그대로 쓴 것인데 읽는 사람의 마음을 울리는 것은 그 사실이 끔찍하기 때문이기도 하지만, 그런 일이 일하면서 가난하게 살아가는 사람들로서는 흔히 겪어야 하는 고난으로 여겨지는 때문이고, 또 짤막하게 적어 놓은 이 아이의 행동에서 그 마음이 잘 나타났기 때문이다.

"풀을 묶을 때 벌벌 떨렸다고 한다" 이것은 누워 있는 아버지한테서 들은 것이겠지만, 이 말로 미루어 보아 아마 풀을 베러 가기 전부터 몸이 허약했던 것이 아닐까. 그런 몸으로 일을 무리하게 했던 것 같다.

할머니

아버지는 술만 잡수시고,
할머니가 찾으로 가서
야야, 너는 집일은 조금도 보지 않고
술만 먹고 앉았나,
울음 섞인 소리로 말했다.
아버지는
그래도 먹고만 있었다.
할머니는 집에 와서
우리가 무엇을 물어도
대답도 하지 않고
방에 앉아만 있다.
할머니는 아픈 중에
소리 없이 죽어 가는 것이다.

(1972. 5. 4.)

* 이 작품을 쓴 아이가 어려움을 당하지 않을까 싶어 이름을 밝히지 않았다.

아버지

여학생 김룡 6학년

아버지는 술만 잡수시고
일을 하지 않는다.
어제는 쌀 한 되 가지고 가서
그 쌀로 술을 사 먹었다.
나는 울었다.
아버지는 술을 먹고 와서
나를 때렸다.

(1972. 7. 20.)

* 세상에서 더러 있는 그릇된 아버지의 모습이다. 이런 아버지 밑에서 자라나
는 아이들은 얼마나 불행한가. 불행 중 다행한 일이 있다면 이런 아이들은 대
개 '나는 커서 아버지 같은 어른은 절대로 안 되겠다'고 결심하는 것이고, 그
리고 이런 시를 써서 마음을 풀게 되는 일이다.

어머니

남학생 김룡 4학년

어머니는 담배를 하는데
아버지는 술만 먹고,
"담배는 누렇게 익어 딸 때가 되어도 안 오고"
어머니는 걱정만 하신다.
할 수 없이 어머니와 나와 누나와 셋이
따로 갔다.
따 가지고 오니 아버지는 누워 계신다.
우리는 담배를 꿰어 가지고 달았다.

(1972. 9. 2.)

* 따로: 따러.

어머니

채희발 김룡 4학년

어머니는 나와 밭을 매었다.
아버지는 웬일인지 점촌만 가서 산다.
아버지는 어머니 속을 다 썩혀 버렸다.
나는 아버지께 돈을 달라고 하지만
아버지는 없다고 주지 않는다.
어머니는 밭을 매다가도 눈물을 흘리신다.

(1972. 5. 19.)

어머니

윤원숙 청리 3학년

우리 어머니는
아기를 업고 가서
밭을 매요.
내가 아기를
봐주마 좋겠어요.

(1963. 6. 1.)

* 봐주마: 봐주면.
* 학교에서 어머니를 걱정하여 쓴 시.

우리 어머니

여학생 동신 4학년

우리 어머니는
날마다 시장에 가십니다.
오늘도 새벽에 나갔습니다.
우리 어머니는 쇳덩거리입니다.

(1952. 12.)

* 쇳덩거리: 쇳덩어리. 쇳덩이.
* 도시 아이가 쓴 시인데, "어머니는 쇳덩거리"란 말에 많은 뜻과 마음이 담
겨 있다.

어머니

이순희 청리 4학년

우리 어머니는 날마다 된 일을 하신다. 빨래하고 밥 짓고 뽕 주고 아주 바쁘시다. 어머니 생각하면 슬프다. 오늘 아침 학교에 올 때도 어머니는 뽕을 쌀고 있었다. 어머니 마음은 언제나 외로운 것 같다. 어머니 죽으면 우째 살까. 어머니 잃은 아이가 우리 동네에 있다. 그 집에는 언제나 웃음소리는 들리지 않는다. 성을 내고 울고 아주 슬플 때는 가만히 운다. 그 집 아이가 내 동무다. 나는 가한테 어머니 보고 싶지, 하면 눈물을 흘린다. 그때 한 번 나도 눈물이 났다. 동네 사람이 불쌍하다 하며 머리를 쓰다듬어 준다.

(1964. 5. 25.)

* 뽕: 뽕잎. 누에는 뽕을 먹고 자라난다.
* 쌀고: 썰고. 쌀이고. 썰이고.
* 우째: 어째. 어찌. 어떻게.
* 가한테: 그 아이한테.

나의 어머니

임이분 김룡 6학년

여름이면 변함없이 찾아와
시름없이 우는 매미.
날 버리고 멀리 간 어머니,
헤어져 살아온 나,
꿈결마다 어머니
매미처럼 와 주세요,
어머니!

(1972. 7. 20.)

* 부모가 없이 남의 집에서 살고 있는 아이.

까만 새

정부교 대곡분교 3학년

까만 새가
낮에는
돌다물에 들어가 있다가
밤이 되면
아무도 모르게
남의 집 양식을
후배 먹고
배가 둥둥 하면
저 먼 산에 올라가
하늘을 구경한다.
그러다가
하늘로 올라가서
달과 별과 춤을 춘다.

(1968. 12. 11.)

* 돌다물: 돌담불. 산이나 들에 모여 쌓인 돌무더기.
* 후배 먹고: 훔쳐 먹고.

＊ 아주 어린 아기들뿐 아니라 학교에 다니는 아이들도 까만색을 싫어하고 까
만 새를 꺼림칙스럽게 여기는데, 산골 아이들은 오히려 까만 새를 동정하고
친근히 여긴다.

이 아이는 깊은 산골짜기에서 어머니와 고된 밭농사를 지으면서 가난하게 살
았는데, 학교도 결국 초등학교 3학년을 마치는 것으로 끝났다. 이 작품에는
가난 속에 살고 있는 글쓴이의 마음의 세계가 그려져 있다. 낮에는 돌다물 속
에 들어가 숨었다가 밤이 되면 아무도 모르게 남의 집 양식을 훔쳐 먹고 산다
고 하는 까만 새의 모습은 산골에서 언제나 먹을 것을 걱정하면서 살아가는
글쓴이 자신의 모습이고, 하늘로 날아 올라가 달과 별과 춤을 춘다는 것도 글
쓴이의 마음 바닥에 깔려 있는 슬프고 아름다운 세계다.

까만 새

이용국 대곡분교 2학년

까만 새는
빨간 새하고는
동무를 안 했는데
새 잡는 총 가지고
까만 새를 잡으면 죽는다.

(1968. 12. 11.)

* 까만 새는 화려한 옷을 입은 빨간 새와 동무하지 않는다. 그래서 죽임을 당한다. 글쓴이는 물론 죽어도 제 생각대로 살아가는 까만 새의 편이다.

까만 새

심필런 대곡분교 3학년

까만 새는
눈이 조그마하지.
꼬리는 길다랗지.
무엇을 먹고 살까?
까만 열매를 먹고 살지.
까만 새는
까만 새끼리
살지.
노란 새, 빨간 새, 파란 새하고는
놀기도 싫지.
까만 새들은
떼를 지어
산에 다니며
까만 열매를 따 먹지.

(1968. 12. 11.)

* 까만 새는 산에서 까만 열매를 먹고 사는 착한 새다. 그리고 노란 새나 빨간
새나 파란 새하고 놀기를 싫어한다. 그 수가 아주 많아 떼를 지어 다닌다. 여
기서도 까만 새는 가난한 백성들의 모습으로 느껴진다.

빨간 새

권상출 대곡분교 2학년

빨간 새야,
빨간 새야,
너는 어째서 빨갛게 생겼노?
너는 참 색도 곱다.
너는 겨울이 되면 양식이 없어서
어예 사노?
너는 여름에 열심히 일을 해라.
너는 죽지 말고 우리들하고 살아 보자.

(1968. 12. 11.)

* 어예: 어째. 어찌. 어떻게.
* "너는 어째서 빨갛게 생겼노?" "너는 참 색도 곱다"고 하여 그 모습이 아름
다움을 칭찬하는 것부터 빨간 새를 자기와는 다른 무리로 보고 있다. 이 빨간
새는 겨울에 먹을 양식 준비도 아니하고 놀기만 한다. 그러나 그들을 미워하
지 않고 "열심히 일을 해라" "죽지 말고 우리들하고 살아 보자"고 하여 함께
살기를 바란다.

파랑새

파랑새야, 어예 사노?
사람이 총으로 쏘기도 하고
약도 놓고 하면 어예 사노?
파랑새야, 너는 약을 놓으면
밥이라고 먹다가 죽는다.
파랑새야, 약을 먹지 말아라.
(1968. 12. 11.)

* 파랑새는 사람들이 쏜 총에 맞아 죽고, 사람들이 놓아둔 약으로 죽고 하여
보기 어렵게 된 새로 여긴다. 그래서 사람들에게 속지 말라고 타이른다. 여기
이 파랑새는, 우리(까만 새)도 아니고 저편(빨간 새)도 아닌 또 다른 무리로
되어 있는 듯하다. 그러나 그 파랑새도 사람들 때문에 자꾸 죽어 가는 가련한
목숨이다.

파랑새

박영교 공검 2학년

파랑새야, 파랑새야,
너는 날아다니면 얼마나
춥겠느냐?
파랑새야, 너는 갈대나무에서
무엇을 먹고 사나?
파랑새야,
너는 집이 어디냐?
너는 날아가다가 한번 앉아 보아라.

(1958. 12. 21.)

휴지

김정태 길산 6학년

휴지는 아주 약한 몸인가 봐요.
휴지의 몸은 항상 쫓기는 몸이니까요.
뒤쪽에서 바람이 불면은
휴지는 쫓겨 가는 것이니까요.
또 바람이 안 불면은 잠시 숨이라도
쉬는 것 같아요.
바람은 이 세상에서 가장 무서운
것인가요.

(1976. 12.)

* 이 작품에서 두 가지 문제를 생각하게 된다. 첫째는 이 아이가 왜 하필 휴지
를 시로 썼는가, 하는 것이다. 모든 사람이 버리고 짓밟고 하는 물건을 시로
쓰고 싶었다면 마땅히 이 아이만 가진 절실한 마음이 있었을 것 아닌가, 하는
것이다. 둘째는 바로 이 첫째 물음에 대한 대답이 되겠는데, 이 아이가 "약한
몸" "항상 쫓기는 몸"에 대해 사람다운 따스한 정으로 대하고 있으며, 버림받
고 쫓기는 생명을 자기 것으로 여기고 있다는 점이다. 이 아이는 쫓기고 버림
받은 것에 대해서 "바람이 안 불면은 잠시 숨이라도/ 쉬는 것 같아요" 하고
그 마음을 보내지만, 그 약한 자를 쫓고만 있는 바람에 대해서는 "이 세상에
서 가장 무서운/ 것"으로 생각하고 있다.

내 얼굴

김후남 대곡분교 3학년

내 얼굴은 참 못났지요.
만져 보면 꺼끌꺼끌한 버짐
참 못났지요.
눈도 굵고 코도 길고 하는데
거울을 보니 허연 버짐
참 보기 싫다.
버짐을 빼고 얼굴을 보드랍게
해야 되는데
생각하니 슬프다.
입도 바수가리만 하고 엉안 보기 싫다.

(1969. 12. 23.)

* 바수가리: 바소구리. 발채. 지게에 얹어서 짐을 싣는, 싸리로 엮어 만든 농사
연장.
* 엉안: 엉간이. 엉간히. 어지간이. 어지간히. 너무나.
* 누구든지 거울에 비친 제 얼굴을 이렇게 한번쯤 써 보면 좋겠다.

내 얼굴

김낙기 대곡분교 3학년

내 얼굴은 네모가 됐다.
흉터도 많다.
버짐도
코 있는 데까지 있다.
내 얼굴은 파이다.
만져 보면 꺼끌꺼끌한 게
귀도 기다는 게 파이다.

(1969. 11. 12.)

* 기다는 게: 기다란 게.
* 파이다: 좋지 않다.

내 얼굴

김선모 대곡분교 2학년

내 얼굴은
만날로 그렇다.
하루도 다를 때가 없다.
내 얼굴은 인물도 없고
이도 다 빠질라 한다.
인물이 없어도
공부만 잘하면 되지.

(1969. 11. 12.)

* 만날로: 언제나. 늘.
* 인물: 사람의 생김새. "인물도 없고"는 '생김새가 못나고'란 뜻.

내 마음

권정애 대곡분교 2학년

내 얼굴이 못땠다.
내가 못때 놓니까
아이들이 나한테 놀지 안 한다.
아이들은 제 마음대로 논다.

(1970. 5. 16.)

* 못땠다: 못됐다. 악하거나 고약하다.
* 못때 놓니까: 못돼 놓니까. 못돼 놓으니까. 못되니까. 고약하니까.

내 머리

권상출 대곡분교 3학년

거울에
얼굴을 보니
둥굴둥굴하다.
얼굴보다 머리는
더 나쁘다.
언젠가 상욱이한테
내 머리가 어떻노, 하니
석호 머리 같다, 한다.
그래 석호 머리를 보니
울퉁불퉁한 게
모개 자리 같다.
그래서 나는
아무 사람이라도 만나면
가만히 살금살금 숨어서 간다.

(1969. 11. 12.)

* 모개 자리: 모과 자루. 모과를 넣은 울퉁불퉁한 자루.
* 얼굴이든 머리든 남의 것은 좋아 보이고 제 것은 못나 보여 부끄럽다는 것
이 농촌 아이들의 마음일까.

공부를 못해서

정익수 청리 3학년

나는 공부를 못해서 걱정이다.
집에 가마 맞기마 한다.
내 속에는 죽는 생각만 난다.

(1964. 2. 15.)

---

* 가마: 가면.
* 맞기마: 맞기만.

공부

김일겸 대곡분교 3학년

아버지가 공부를 못한다고
막 머라 하신다.
통신표 나오는 거 보고 모두 못하면
지지바고 남자고 호채리 해다 놓고
두드러 가며 갈챈다 하신다.
또 물을 떠다 놓고
눈까리를 썻거 놓고
공부를 갈챈다고 하신다.

(1970. 5. 16.)

* 머라 하신다: 뭐라 하신다. 꾸중하신다.
* 지지바: 기지바. 계집애. 여자아이.
* 호채리: 회초리.
* 두드러: 두드려. 때려.
* 갈챈다: 갈친다. 가르친다.
* 썻거: 썻겨. 썻어.

결석

권태옥 대곡분교 2학년

어머니가
학교 가지 마라 했습니다.
사람을 해서
담배 숭겄습니다.
나는 방 닦았습니다.
요강 가셌습니다.
설거지했습니다.
방아 쩧었습니다.
학교에 가고 싶어요.

(1969. 6. 12.)

• 사람을 해서: 사람을 사서. 일꾼을 사서.
• 숭겄습니다: 심겄습니다. 심었습니다.
• 가셌습니다: 가셨습니다. 씻었습니다.

눈물

남경자 대곡분교 3학년

아침을 먹다가
동생이 날 보고 머라 해서
눈물이 나온다.
어머니가
"눈물도 썩어 빠졌다.
고마 눈을 콱 쑤셔 불라"
하니 할머니가
"눈을 쑤시면 눈물이
더 나오라고?" 하신다.
나는 눈물이 썩어 빠졌다.

(1969. 9. 30.)

* 머라 해서: 뭐라 해서. 무슨 말을 해서.
* 쑤셔 불라: 쑤셔 버릴까.
* 어머니가 남자인 동생만을 귀여워하고 여자인 저를 구박한다고 생각하는
이 아이는 그래서 걸핏하면 눈물을 흘린다. 다행히 할머니가 이 아이 편을 들
어 주지만 "나는 눈물이 썩어 빠졌다"고 하여 다만 자기를 원망한다. 딸을 미
워하는 어머니의 가시 돋친 말과 할머니의 너그러운 말이 대조가 되어 이 아
이의 처지를 더욱 잘 보여 준다.

눈물

배옥자 대곡분교 3학년

어머니는 언니에게
방아를 찧으러 가자 했다.
언니는
돈 백 원 주면 간다 하니
어머니는 돈도 안 주면서
언니의 머리를 콱 쥐박았다.
나는 눈물이 막 났다.

(1969. 10. 4.)

* 쥐박았다: 쥐어박았다.

언니

전윤희 청리 2학년

언니가 아침에 일어나서
밥을 하는데
손이 발발 떤다.
그래 나는 불쌍하다.
할라 항께 그렇고
안 할라 항께 안됐다.

(1962. 12. 4.)

글

김숙자 대곡분교 3학년

점문네 집에서
방아를 찧다가
점문네 아버지가 글을 읽는데
하도 잘 읽어서
어머니가 슬퍼서 눈물을 흘리고
나도 그만 흘렸다.
내가 어머니보고
할머니가 왜 아버지를 학교 안 시켰노,
하니 내가 왜 안 시켰는동 아나, 한다.
내 언니 열다섯 살 나는 것도
안 시켜 놓고, 하니
내가 또 눈물이 난다.
언니는 안동에 가 있으나
엉가이도 슬프다고 집에 와서 그칸다.

(1970. 5. 10.)

* 시켰는동: 시켰는지.
* 엉가이도: 엉간이도, 엉간히도, 어지간이도, 어지간히도.
* 그칸다: 말한다. 그렇게 말한다.

고무

황용순 청리 4학년

서울 고무가 갔다.
나는, 이때까지 있다가 머 하로 가여
하니,
나도 살림을 하는데 가야지 되겠다
칸다.
그러니 우리 할아버지 눈에는 눈물이 기릉기릉
우리 고무 눈에도 눈물이 괴인다.
나도 눈물이 나올 것 같았다.

(1964. 5. 25.)

* 고무: 고모.
* 머 하러: 뭐 하러. 무엇 하러. 무엇 때문에. 왜.
* 칸다: 한다. '~고 한다'의 준말.
* 이 아이는 할아버지와 단둘이서 살았다.

우리 오빠

정점열 공검 2학년

나는 오빠가 보고 싶어요.
남의 집에 일꾼을 들었는데
우리 오빠 고생하는 것 보면
참 눈물이 납니다.
아래 저녁에 왔는데
참 뱃작 말랐는 걸 보고
나는 어머니하고 울었습니다.

(1958. 12. 2.)

* 남의 집에 일꾼을 들었는데: 남의 집에 머슴으로 들어갔는데.
* 아래: 아레. 그저께.
* 뱃작: 배짝. 비쩍. 버쩍. 비썩. 배싹…… 따위로 쓴다.

오빠

김후남 대곡분교 3학년

오빠가 돈 때문에 울었다.
기성회비 때문에 울었다.
기만이네 집에 가서 돈 천 원을
꿔서 줘도 적다고 운다.
집에 있던 돈 오백 원하고 주니
맹 군정거리며 울고 갔다.

(1969. 9. 30.)

* 맹 군정거리며: 그대로 구시렁거리며. 여전히 중얼거리며.

누나

김진복 청리 4학년

누나는 형님 따라
서울로 식모살이 갔다.
내 마음은 언제나
울고 싶은 마음
교실에서 산을 바라보면
내 눈에는 서울이 보인다.
그러면 눈물이 나올라 한다.

(1964. 4. 20.)

우리 아저씨

권이남 공검 2학년

우리 아저씨 군대에 가서
대포를 쏘다가
저녁이 되면
누워 잘 때도 목을 쳐 간다지.
그래 집에 와서
군대에 가기 싫어서
울며 갑니다.
나도 눈물이 났습니다.

(1958. 12. 2.)

형님

이경희 청리 3학년

우리 형님이 부산 갔는데
우리 형님은 양은 장사를 하는데
오늘도 양은을 팔았는지 모른다.

(1963. 6. 1.)

옷

이성자 청리 3학년

나는 옷이 불다.
내치 옷도 안 사 준다.
다른 아들은 옷을 조금 사 주는데
나는 다른 아들이 옷을 입으마
눈물이 난다.

(1964. 2. 12.)

* 불다: 부럽다.
* 내치: 내처. 죽 잇달아.
* 아들: 아이들.
* 입으마: 입으면.

옷

김남도 김룡 5학년

아침에 옷을 달라고 했다.
어머니는 방에 들어가더니
다 떨어진 옷을 주었다.
나는 마구 울었다.
어머니는 호차리로 마구 때렸다.
나는 밥도 안 먹고
학교 가다니
누나가 밥을 싸 가지고 왔다.

(1972. 9. 2.)

* 호차리: 회초리.
* 가다니: 가니까.

옷

김민한 대곡분교 2학년

어머니, 옷 사 조요.
추석에 옷 해 조요.
나는 옷도 없고
언니 옷을 줄아 가지고
입고 있어요.
언니 치마를 꾸매 입고 있어요.

(1968. 9.)

* 줄아: 줄여.
* 꾸매: 꿰매. 꿰매. 꿰매어.

소나무

정부교 대곡분교 3학년

소나무가
옷이 다 떨어졌다고
벗어 내던진다.
내년에 또 사 입지 뭐, 하고
내던진다.

(1968. 12. 10.)

치마

김인향 김룡·5학년

아침에 언니가
옷을 내어 주었다.
꽃이 놓인 치마를
주었다.
치마는 하늘 높이
솟아오른다.
나는 막 울었다.
"그만 거지 같은 치마
입고 가라 왜"
하면서 입고 다니는
노랑 치마를 주었다.

(1972. 6. 8.)

* 아침에 언니가 꽃이 수놓인 고운 새 치마를 입고 가라고 내주어서, 입어 보니 짤막한 것이 막 하늘로 올라가는 것이 아닌가. 언제나 몸에 착 들어맞는 치마를 입다가 이런 것을 입으니 마음이 편치 못하고 부끄럽기도 하다. 안 입는다고 하니 언니는 막 야단을 친다. 이 아이는 그만 울어 버린다. 언니는 할 수 없이 늘 입고 다니던 노랑 치마를 도로 내주었다. 물론 이 아이는 잃었던 것을 다시 찾은 기쁨으로 그 노랑 치마를 입고 마음 놓고 학교에 갔겠지.

남들이 아무리 좋다고 하는 고운 옷이라도 제 몸에 맞지 않고 제 마음에 싫은 것은 한사코 입지 않으려는 이 아이의 성격이 잘 나타나 있다. 시도 이와 같이, 남들이 좋다고 하는 것을 흉내 내어 써서는 될 수 없고, 때가 묻고 몸에 착 들어맞는 자기의 생활과 말로 써야 하겠다.

신

김태운 대곡분교 3학년

어머니는 신이 다 떨어졌다.
그래서 아버지한테 돈 좀 달라 해도
안죽도 담배 감장해야 주제
안 그러면 못 준다 하신다.
나는 "다 댕겼다" 합니다.

(1970. 11. 10.)

* 안죽도: 아직도.
* 감장: 감정, 곧 수납을 말한다. 담배 농사를 한 사람이 담뱃잎을 전매청에 공
판으로 팔 때, 등급 판정을 받게 되어서 '담배 감정한다'고 하는 것이다.
* 다 댕겼다: 다 다녔다. 곧 '다 다녔구나' '이제 다닐 수 없게 됐구나' 하는 말.

연필

황금순 김룡 6학년

빨강 연필을 사려고 보면
노랑 연필이 더 예쁜 것 같고
노랑 연필을 사려고 보면
파랑 연필이 더 예쁜 것 같아서
연필은 다 사고 싶어도
돈이 없어서
노랑 연필을 샀다.

(1972. 5. 4.)

방학

김점순 김룡 6학년

아침을 먹고 집을 나선다.
할아버지는 논에 갔다 오시다가
오늘 학교 못 간다, 일을 해야 밥을 먹지,
놀고 어찌 먹나, 하신다.
나는 화가 나서
이제 3일만 가면 방학인데
안 가면 어떻게 해요,
했더니 할아버지는 집으로 돌아가신다.
나는 동무들과 학교에 오면서
방학을 안 하면 일을 안 할 것인데
방학이란 소리도 듣기 싫다
일을 어찌할까, 했다.

(1972. 7. 20.)

방학을 마치고

김명규 김룡 5학년

돌다리가 두 개 남고
다 떠내려갔다.
학교가 다른 학교 같다.
책상도 다른 같고
걸상도 다른 같다.
방학 숙제를 안 해 가지고
선생님한테 맞을까 봐
겁이 났다.

(1972. 9. 2.)

메물

김일겸 대곡분교 2학년

메물이 안돼 가지고
어머니하고 아버지하고 싸웠다.
어머니는 아버지보고 머라 하고
아버지는 어머니보고 머라 하고
그러다가 어머니가 "그래도 비야 되제"
하니까 아버지는 아무 소리 안 합니다.
나는 가슴이 쿵덕쿵덕했습니다.

(1969. 10. 10.)

* 메물: 미물. 메밀.
* 머라 하고: 뭐라 하고. 야단치고.
* 비야: 베야.
* 메밀은 늦은 여름 산밭에 씨를 뿌린다. 가을 산언덕을 하얗게 덮고 있는 것
이 메밀꽃이다. 다른 곡식보다 양식이 덜되는 곡식이지만 날씨가 가물어 논
밭에 다른 곡식이 말라 죽거나 씨를 뿌리지 못하고 때를 놓쳤을 때 이 곡식을
심는 것은 씨를 뿌려 거두기까지의 기간이 짧기 때문이다.
이 메밀 농사조차 잘 안돼서 어머니 아버지가 말다툼하는 것을 보고 걱정을
하고 있다.

강질이

남의 집에서
밥을 해 먹고 있는데
손도 터지고 발도 터지고
얼마나 춥겠나?
서리가 오고 얼음이 얼고
눈도 오고 얼마나 춥겠나?
강질아, 잘 있거라.
다리가 아프고 손도 꽁꽁꽁 얼고
뒤기 춥겠다.

(1958. 12. 2.)

* 뒤기: 되게. 되기. 돼기. 되우. 아주 몹시.

점심시간

이종희 청리 5학년

점심을 먹는데
어머니 생각이 났다.
내가 어머니께
쌀밥 싸 달라고
졸랐던 것이 후회된다.
청상 내 동무는
보리밥도 못 먹고
이 긴 날을 그대로 견디는데,
생각하니 부끄러웠다.

(1963. 5.)

* 청상: 마을 이름.

나무

정명옥 청리 6학년

어머니께서 한 번도 안 해 보던 나무를
깊은 산속에 가서 해 올라 하신다.
나는 가슴이 덜컹했다.
언니도 나도 동생도 다 같이
엄마는 집에 있어!
우리가 가서 나무해 가지고 올께 엄마,
하니까 엄마는 막 꾸중하신다.
학교는 안 가고 나무하러 가나?
아예 그런 소리 말라 하신다.
눈물이 나왔다.
아버지가 살아 계셨더라면
엄마가 저런 고생 안 하실 텐데,
세상이 원망스러웠다.

(1963. 4. 2.)

세월

김경화 대곡분교 3학년

세월은 빠르다.
벌써 12월 4일이 되고
우리는 책도 다 배워 가고
야, 세월도 참 빠르다.
겨울이 언제 갈꼬 생각해도
버떡 봄이 온다.

(1968. 12. 4.)

* 버떡: 퍼뜩. 얼른.
* 아이들도 세월이 빠르다는 느낌을 가지게 되는구나 싶다.

구름과 졸업

김아영 청리 6학년

얼마 남지 않아 우리는
이 학교를 떠난다.
이제 졸업하고 나면
더 높은 곳으로
더 멀리 간다.
저 구름같이.

(1963. 12.)

4부

조
그
만

구
름

제비

남경삼 모암 6학년

새까만 제비의 날개
푸른 하늘을 마음껏 나는
제비의 날개
아, 높이도 떴구나!

(1966. 5.)

* 집일과 수험 공부에 시달리면서 장래에 대한 걱정으로 가슴을 못 펴는 이
아이가 어쩌다 쳐다보는 하늘의 제비, 그 새까만 날개는 얼마나 부러운가!
"아, 높이도 떴구나!" 하고 오를 수 없는 그 높은 하늘을 쳐다보는 이 아이의
탄성이 사무치게 느껴진다.
농촌에서 도시로 옮겨 간 이 아이는 부모가 국수 빼는 일을 했는데, 부모를
도와 날마다 일을 많이 했다.

제비

이재흠 대곡분교 3학년

외갓집에서
제비를 보았다.
제비가 첨에 왔다고
제비보고 문디라고 했더니
제비가 더 좋아서
더 날개를 치며
외갓집 감나무 꼭대기에 빙빙 도네.

(1969. 4. 12.)

* 첨에: 처음에.
* 문디: 문둥이. 친근한 사람을 장난삼아 이렇게 부르기도 한다.

나비

김태복 대곡분교 3학년

나비 두 마리가
미술 한 장 꿔 달라고 하고
안 준다 하고
둘이 막 싸우며
하늘로 날아간다.

(1969. 5. 23.)

* 미술: 그림 그리는 종이.
* 이 아이는 미술 시간에 미술 종이를 안 가져와 옆의 아이한테 빌려 달라고
하니 안 빌려준다면서 달아난다. 빌려 달라고 이 아이는 쫓아가고 동무 아이
는 쫓기고, 이렇게 하다가 겨우 한 장을 얻어서는 그림을 그리려고 하는데,
바로 눈앞에 나비 두 마리가 싸우는지 장난치는지 서로 달려들며 하늘로 올
라간다. 그것이 꼭 방금 동무하고 미술 종이 때문에 쫓고 쫓기고 한 모양같이
보인 것이다.

매미

이승영 대곡분교 3학년

매미가 울었으면 좋겠다.
한여름 일을 하다가 앉았으면
매미는 여름 왔다고 여름 소식
알려 준다.
그 매미는 노래를, 세상을 불러 준다.

(1970. 6. 4.)

보리매미

일일…… 총 일일…… 총 일총일총…… 일총일총
일총 총총총총 그러다가 오줌을 싸 놓고 옷이 젖으니
옷 입으로 뒷산으로 간다.

(1969. 6.)

* "오줌을 싸 놓고 옷이 젖으니……"도 재미있는 느낌이지만, 이 시는 보리매
미가 우는 소리를 놀랄 만큼 잘 잡아 재미있게 썼다. 보리매미는 보리가 팰
때 우는데, '이총 이총' 또는 '이초강 이초강' 하고 운다 해서 '이총매미' 또는
'이초강매미'라고도 한다. 이 밖에 아이들에게 친숙한 매미는 여름철에 '맴맴
맴맴매앰' 하고 우는 참매미('나락매미'라고도 함)와 한여름에 아주 시끄럽
게 '찌이……' 하고 외마디소리로 멋없이 우는 말매미, 늦은 여름에 '스을스
을……' 하고 우는 쓰르라미 들이다.

이총매미

박청자 대곡분교 3학년

이총매미가 우네.
소리도 곱게
이총 이총 하며 우네.
복숭아나무에서
궁디를 까불썩 까불썩 하며
소리를 지른다.
해자네 할머니가
저 매미는 울다가 세월 다 보내겠다
하신다.
온 마을이 떠들썩하다.

(1970. 6. 10.)

* 궁디: 궁둥이.

참매미

김수용 길산 4학년

아침에
아버지는 임동에 가시고
나는 소를 매러 갔다.
소를 맬라고 하는 나무에
참매미가 맴맴맴맴……
울었다.
인제 여름인 줄 알았다.

(1977. 7.)

여름

우경희 길산 6학년

아침 햇살이 문에
발갛게 물들 무렵
참매미가 울지요.
맴맴맴맴매앰
하고 우는 소리 들으면
정말 한여름이 왔다는
느낌이 들어요.

(1977. 7.)

물

이승영 대곡분교 2학년

오다가 나는 속으로
물이 이까지 소리가 들려와서
못 건너가지, 했는데
건너가면 하나도 무섭지 않다.
그 밑에 물소리가 들려와서
가 보니까
건널 진 무섭다 접더니
가민 덜 무섭다.

(1969. 4. 16.)

• 건널 진: 건널 젠. 건널 땐.
• 무섭다 접더니: 무섭다 싶더니.
• 가민: 가면.
• 학교에 올 때 골짜기 시냇물을 여러 번 건너야 하는 이 아이가 비가 온 뒤
물이 불어났을 때 무서운 물소리를 들으면서 건너온 얘기다.

산봉우리

이선교 대곡분교 3학년

산봉우리가
볼록볼록하게
튀 올라왔다.
하늘이 산에
널쪘는 겉다.

(1969. 6. 3.)

* 널쪘는 겉다: 널쪘는 것 같다. 떨어진 것 같다.

산

박선용 청리 3학년

먼 하늘 밑에는
삐쭉삐쭉한 할아버지 산들이 있고
할아버지 산 밑에는
아버지와 어머니 산들이
할아버지 산들을 따라가고
그 밑에는
누나와 오빠 산들이
막 뛰놀고 있다.

(1963. 5. 18.)

산

정창교 대곡분교 3학년

산은 하늘에 대는 것 같다.
산은 이 등 저 등 다 하늘에 댄다.
내가 하늘에 올라갈라고 등에 올라가면
파란 하늘이 한없이 높다.
구름이 가면 푸른 풀잎들이
같이 가자고 손짓을 한다.

(1970. 5. 12.)

* 대는: 닿는.
* 댄다: 닿는다.
* 등: 산등. 상등성. 산등성이. 산등성마루. 등마루. 등마리. 산마루.
* 산골에서 사는 아이들에게는 산이 이 세상 모든 것이다. 아이들은 산에서 놀고 산에서 일하고 산열매를 따 먹는다. 구름과 하늘을 쳐다보고 풀과 나무와 함께 살아간다. 비록 어릴 때부터 고달프게 일을 해야 하지만 산에 안기고 산에 업혀 살면서 자연의 아름다움을 온몸으로 느끼며 자라나고 있는 이 아이들은 행복하다 하겠다.

산

임정실 대곡분교 2학년

산이
하늘에
곧 댈 것 같다.
구름이
산을 부른다.
산은 오냐,
하고 갔다.
가다가 구름하고
만났다.
구름하고 악수했다.

(1970. 5. 23.)

* 댈: 닿을.

산 위에 나무들

김정길 청리 4학년

산 위에 나무들 잘 자란다.
이야기하고 싶으면 옆에 있는
나무들하고 이야기하고
춤추고 싶으면 바람에 부탁해서
춤을 추는 같다.
먼 산 위에 있는 나무들하고 같이 놀라고
손을 내저으며 부르기도 한다.

(1964. 6. 22.)

* 놀라고: 놀려고.

미루나무

정충수 청리 4학년

미루나무는 키가 커서
보기가 좋다.
밑에는 굵다. 신체가 좋다.

(1964. 4. 20.)

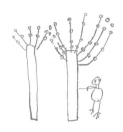

플라타너스

정충수 청리 4학년

플라타너스
몸뚱이 심차다.
무얼 먹었길레
살이 저키나 많이 쪘나.

(1964. 5. 15.)

* 플라타너스: 버즘나무. 방울나무.
* 심차다: 힘차다.
* 먹었길레: 먹었길래. 먹었기에.
* 저키나: 저렇게나.

포플러

이재원 대곡분교 3학년

포플러나무들이 하늘로 올라간다.
하늘이 포플러나무를 오라고 한다.
서로 올라갈라고 떠밀어 낸다.
한 나무는 못 올라가니 엎어질라 한다.
구름이 얼른 안 오면 나는 간다 한다.
포플러잎도 방글방글 웃으며 하늘로 올라간다.

(1970. 5. 8.)

* 포플러: 미루나무.

미루나무

미루나무 큰 놈이
대장질한다.
큰 미루나무가 일렁일렁하며
자기 몸을 흔드니
작은 미루나무들도 몸을 흔든다.
큰 미루나무가 안 흔드니
작은 것도 안 흔든다.
참 터구배끼 안 되나.

(1969. 5. 3.)

* 터구배끼: 터구밖에. 바보밖에.

개미

정성자 이안서부 2학년

뜨럭 밑에 있는 풀을 뽑아 보니
고게 개미가 많이 들었습니다.
근질근질하게 들었습니다.

(1966. 12. 21.)

* 뜨럭: 뜨락. 뜰.
* 고게: 거게. 거기에.

솔 넘어가는 소리

권상출 대곡분교 3학년

안동매기에서
솔을 빈다.
짝닥닥 하고
넘어간다.
빌 지기는
설설 거다가
넘어갈라 할 지기는
짝닥닥 거다가
땅에까지 댈 때는
꽈당탕 건다.
내가
멀리 있어도
칭기는 것 같다.

소나무 앞에 있는
참나무도
엄침이 큰 게
소나무에 칭기서
불거진다.

(1969. 10. 4.)

- 빈다: 벤다.
- 빌 지기는: 벨 적에는.
- 설설 거다가: 설설 하는 소리가 나다가.
- 꽈당탕 건다: 꽈당탕 그런다. 꽈당탕거린다.
- 칭기는: 치이는.
- 엄침이: 엄청나게.
- 칭기서: 치여서.
- 불거진다: 부러진다.

해바라기

이성윤 대곡분교 2학년

해바라기가 참 착하다.
벌들이 붙어도 가만히 서 있네.

(1968. 9.)

복숭아꽃

이창순 대곡분교 3학년

복숭아꽃은
날마다 방글방글 웃는 빛이 가지다.

(1970. 4. 30.)

* 가지다: '그것뿐이다' '끝이다' '그것이 맨 끝이고 그 이상 더는 없다'는 뜻
이다.

달구베실꽃

김대현 대곡분교 3학년

달구베실꽃이
불을 켰다.
낮이나 밤이나
안 꺼진다.

(1969. 10. 10.)

* 달구베실꽃: 맨드라미꽃. 꽃 모양이 닭 벼슬처럼 생겼다.

꽃밭

정봉자 청리 3학년

꽃밭에만 가면
코스모스가 환하게
피어 있다.
꽃밭에만 가면
코스모스가 환하게
피어 있다.

(1963. 10. 12.)

코스모스

황순분 청리 3학년

코스모스 아름답다.
길 옆에 가는 사람 예쁘다.
코스모스는 길 가는 사람이
반가워서 어쩔 줄을 모른다.

(1963. 9. 28.)

산

김한영 대곡분교 2학년

산은 언제나 마음을 하나 하나 한 마음을 가지고 가
만히 앉아 있다.

(1970. 11. 7.)

산

권상출 대곡분교 2학년

산에는 나무가 자라고 있습니다.
볼록한 산 수풀에서
나무가 즐겁게 자라고 있습니다.

(1968. 6. 17.)

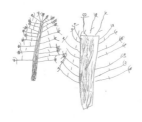

산

김한영 대곡분교 2학년

산이 커져서
하늘 따라 올라가네.
산은 키가 커져서
먼 하늘 보고 싶어 하고
한 산이 커져서 올라가니
쪼매한 산도 커져서 같이 올라가네.

(1970. 6. 4.)

* 쪼매한: 쪼만한. 쪼그마한. 쪼그만. 조그만. 작은.

하늘

박귀봉 대곡분교 3학년

하늘에는 끝이 없다.
하늘에는 저리 많이 올라가도 끝이 없다.
산등으로 올라가면 수백 산등을 넘어도 끝이 없다.
하늘은 끝이 없지만 해는 하늘 밑으로 내리비친다.
하늘 밑으로 산이 빙 돌아가미 있다.

(1970. 9. 7.)

* 돌아가미: 돌아가며.

하늘

정상문 경주 2학년

하늘은 높다.
하늘은 저리 노푸단하다고
하늘은 지가 대통령이다고
생각하였습니다.

(1967. 7. 24.)

* 노푸단하다고: 높단하다고. 높다랗다고.
* 지가: 저가. 제가. 자기가.

하늘

이윤숙 이안서부 2학년

하늘은 푸르다. 하늘에는 하얀 줄이 있습니다. 짤디
는 깁니다. 자꾸 더 길어집니다. 동쪽으로 자꾸 길어
집니다. 자꾸 길어지디 동가리 동가리 됩니다. 오래되
디는 저쪽에는 안 보입니다. 왜 저럴까요. 그래서 아
이들이 땅기땅 하디는 모두 일어섭니다.

(1966. 10. 22.)

* 짤디는: 짧더니.
* 동가리: 동강.

유리창

박선용 청리 3학년

창문 사이에
노란 아가시아
나무가 있고
아가시아나무가
파란 하늘을
꼭 잡고
한들한들
춤추고 있다.

(1963. 11. 2.)

* 아가시아: 아카시아. 아가시나무.

유리창

정종수 청리 3학년

시간을 마치고 저쪽
따뜻한 유리창 있는 데로 가서
따뜻한 책상을 만지면서
팽이를 돌린다.

(1963. 11. 8.)

햇빛

이재흠 대곡분교 3학년

햇빛은 언제나
금빛 화살을 들고
하늘을 지키네.
햇빛은 좋다고
하하하, 하며
언제나 얼굴에는
행복한 마음이 있네.

(1969. 11. 4.)

햇빛

박종득 대곡분교 3학년

햇빛이
거미줄에 감겼다.
거미줄에서 햇빛이
춤추는 같다.
거미는 햇빛을 보고
막 걸어 다닌다.

(1968. 12.)

까치

이득훈 청리 3학년

까치가
아가시나무
꼭도배에
앉았다.
까치 등에
햇빛이
쨍쨍 비춘다.

(1963. 12. 14.)

* 아가시나무: 아까시나무. 아가시아. 아카시아.
* 꼭도배: 꼭도배기. 꼭두배기. 꼭대기.

까치

정민수 청리 3학년

까치가
날아가면서
날개를 치는 것을 보니
참 훌륭한 것 같다.

(1964. 4. 20.)

까치

노명자 공검 2학년

나뭇가지에
까치 한 마리
꼬랑대기를 각중에
홀짝
들더니
푸루룩
날아간다.
(1958. 12. 18.)

* 꼬랑대기: 꼬랑데기. 꼬랑뎅이. 꼬랑댕이. 꼬랑이. 꼬랭이. 꼬리. 꽁지.
* 각중에: 갑자기.

오늘 아침

김석범 청리 2학년

아침에 일어나서
도랑에 낯 씨로 갔다.
도랑물이 차워서 깜짝 놀랐다.

(1962. 11. 17.)

* 씨로: 씻으러.
* 차워서: 차가워서.

바람

바람이 색색 분다.
마리에 나가니
감나무 곁에 있는 별들은
나무한테로 따라오는 것 같다.
바람이 안 불면
감나무에 올라가 보고 싶었다.
별들은 노란빛으로
반짝이고 있는 것 같다.

(1963. 11. 23.)

* 마리: 마루.
* 곁에: 곁에.

바람

고윤자 공검 2학년

바람아, 바람아,
불지 마라.
우리 오빠
산꼭대기에서
산 지키는데 춥다.
바람아,
불지 마라.

(1958. 12. 9.)

조그만 구름

이성윤 대곡분교 3학년

조그만 구름아,
어서 빨리 갈라고 하면 뭘 하노?
평생 가 봐도 너의 집은 없다.
몇 며칠 굶고 가도 밥 한 숟갈 안 준단다.

(1969. 11. 8.)

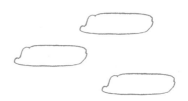

은행잎

김순분 공검 2학년

오후
학교에 오다니까
길가에 은행나무
은행잎이 하나
가지
맨
끝에
달랑달랑거리는데
나는 그기 니찌까 봐
고만 보고 오는데
신작로에 오니
똑
떨어집니다.

(1958. 11. 15.)

* 그기: 그게. 그것이.
* 니찌까 봐: 널찌까 봐. 널찔까 봐. 떨어질까 봐.

밤나무 잎

김정순 공검 2학년

벌레가
잎사귀를 뜯어 먹어서
곧 떨어진다고
가지끼리
나뭇잎을
서로 붙잡는다.

(1958. 12. 20.)

미루나무

김용팔 대곡분교 3학년

미루나무 잎이 다 떨어지고
몸뚱이만 서 있다.
조금만 남은 것은 아기라고 안 떨어뜨리네.
(1968. 11.)

대나무

안영숙 길산 5학년

대나무
포슬포슬 소리 낸대요.
대나무 옆을 지나가면
우리를 반기려고 노래를 하고
바람이 스쳐 가면 몸맵시를 자랑하는
다정스럽고 정다운 대나무.

(1976. 12.)

소나무

산에는
소나무가 사람 같다.
소나무가 바람이 부니
총을 미고 달아나는 것 같다.
큰 소나무가 조그만 소나무를
줄을 지어 놓고 싸우라고 한다.

(1968. 10. 17.)

* 미고: 메고.

눈

김석님 공검 2학년

눈아, 눈아, 오지 마라.
코가 따굽고 입이 새파랗고
발이 얼어서 개롭고
손이 시려서 호호 시려서
장갑이 있어야 한다.
눈아, 눈아, 오지 마라.

(1958. 12. 27.)

* 따굽고: 따갑고.
* 개롭고: 가렵고.

눈

김진순 공검 2학년

눈이 많이 오니
서로 니찔라고 해서
또 어떤 거는 너 먼저 니쩌
어떤 거는 안 죽을라고
땅에 떨어지면 죽는다고 너 먼저 니쩌
하고 다른 거를 막 떠다밉니다.
그래 다른 거는 뚝 떨어지니까
소르르 녹으면서 아이구 나 죽네
합니다.

(1958. 12. 27.)

* 니찔라고: 널찔라고. 떨어질라고. 떨어지려고.
* 니쩌: 널쩌. 떨어져.

눈

권순남 공검 2학년

눈은 다 같이 와서도
먼저 녹고 내중에도 녹고
할 수 없지만
눈은 녹고 생진 모이진 않고
내박 소로록 녹아 버린다.
또 유리창에 왔다가
방울방울 붙어 있다.

(1958. 12. 27.)

* 내중: 냰중. 내종. 나중. 난중.
* 생진: 생전. 좀처럼. 좀체.
* 내박: 노박. 노상. 줄곧.

눈

김정길 청리 3학년

눈은 참 재미있게 내린다.
눈은 땅에 내리만 땅에 쌓인 눈하고
서로 깐나너민 웃는 같다.

(1964. 2. 8.)

* 깐나너민: 끌안으며. 끌어안으며.

눈

전옥이 청리 3학년

눈 위에도 눈이 오고
막 업히 가지고 온다.

(1964. 2. 6.)

* 업히: 업혀.
* 《허수아비도 깍꿀로 덕새를 넘고》에도 전옥이가 같은 날 같은 제목으로 쓴
7행짜리 시가 실려 있는데, 마지막 두 줄이 이 시와 같다.-편집자

눈

이숙자 대곡분교 3학년

눈이 어얘서 내리노?
하늘이 퍼져서 내려오지.
하늘이 파랗게 내려오면 눈이지.
땅 위에는 눈이 하얗지.
하늘이 다 내려오면
우리는 하늘에 살지.

(1968. 12. 24.)

* 어얘서: 어째서.

눈

이숙자 대곡분교 3학년

눈이 많이 왔네.
어애서 눈이 이크러 내렸노?
하늘이 퍼져서 왔는 것 같아도
하늘은 그대로 있다.

(1968. 12.)

* 이크러: 이크렁. 이클. 이키나. 이렇게. 이만큼.

눈

남경삼 청리 3학년

쉴 시간에 변소 갈 때
저쪽 감나무에 눈이 맞는다.
감나무 높은 까치집에
눈이 픽픽 쏟아진다.
까치는 어데 갔는지 안 보인다.
까치가 눈이 와서 좋아서
놀러 갔는가 비다.
까치 새끼 놓았다 하면
서글퍼 못 견디겠네.

(1964. 2. 6.)

* 갔는가 비다: 갔는가 보다.
* 놓았다: 낳았다.

눈

김순자 대곡분교 2학년

눈이 오면 나뭇가지가 전체 하얗다. 눈이 오면 온
세상이 환하다. 눈이 꽃 덩거리 같다. 꺾으러 가면 미
원 같은 게 와르르 으러진다. 집에서 보면 꺾으로 가
고 싶다.

(1969. 12.)

* 덩거리: 덩어리.
* 으러진다: '무너진다' '내려앉는다'에 가까운 말.

눈

이정남 청리 5학년

펄펄 휘날리는 눈, 간밤부터 내리는 눈, 이제 햇빛이 나니 나는 좋았다. 어머니께서 오늘 장에 송아지를 팔지 않으면 안 되겠다고 하신 말씀이 떠올랐다. 또 눈이 쏟아진다. 나는 괴로웠다. 송아지를 안 팔면 안 된다는 어머니 말씀. 어머니는 장에 가셨을까? 오빠는 어떻게 되었을까?

(1964. 2.)

진눈깨비

김후남 대곡분교 3학년

진눈깨비가
샛마 뒷산에
보얗게 내린다.
내가 어예 집에 가노,
시프다.

(1969. 4. 16.)

* 진눈깨비: 진갈비. 비가 섞여 내리는 눈.
* 샛마: 마을 이름.
* 어예: 어째. 어찌. 어떻게.
* 시프다: 싶다.

진갈비

이용국 대곡분교 3학년

진갈비야 덜 온나.
내가 양산도 옳잖은데
자꾸 많이 온다.

(1969. 4. 16.)

* 진갈비: 진눈깨비.
* 양산: 우산.
* 옳잖은데: 좋지 않은데.

소나무

권상출 대곡분교 3학년

딴 나뭇잎은 단풍이 들어서 늙어 가지고 다 떨어졌
는데, 소나무 잎은 안 떨어지고 있다. 바람은 소나무
잎을 떨어 줄라고 흔드니 소나무는 끄떡도 안 하고 서
있다. 눈도 소나무 잎을 떨어 준다고 어떤 때는 무겁
게 올라앉아 있다.

(1969. 12. 8.)

• 떨어 줄라고: 떨어뜨릴라고. 떨어뜨리려고. 떨어지게 하려고.
• 떨어 준다고: 떨어뜨린다고. 떨어지게 한다고.

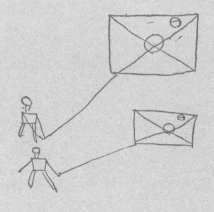

참꽃

　봄이 오면 참꽃들이 얼굴을 내어놓고 방긋이 웃는
데, 빨가수룸한 수염을 따 가지고 싸움을 붙이면 내가
만날 진다.

　(1963. 2. 14.)

* 빨가수룸한: 빨가스름한. 빨그스름한.
* 수염: '꽃술'을 말한다.
* 만날: 날마다. 언제나.

봄이 오면

조병년 청리 3학년

봄이 오면 개구리
보고 싶다.
개구리 목소리 개굴개굴
헤엄치며 물속으로 두 다리 착착
내부치며 가는 것
참 재미도 있다.

(1964. 2. 10.)

---

* 내부치며: 내뻗치며.

봄

박근옥 청리 2학년

봄이 오면 거지들은
춤을 출 게다.

(1963. 2. 14.)

마늘

김석님 공검 2학년

마늘은 겨울을 싫어하지요.
봄이 오면 좋아서 방긋방긋 웃으며
마늘에서 싹들이 나요.
그렇지만 겨울이 오면 울라 해요.
봄은 참 즐겁고 따뜻해서
마늘에서 싹이 나왔어요.

(1959. 2. 26.)

* 봄이면 논밭의 곡식 중에서 가장 먼저 싹이 돋아나는 것이 마늘이다. 마늘
싹이 돋아나는 것을 보고 봄이 온 줄을 안다.

할미꽃

권두임 공검 2학년

산에
할미꽃 잎이 말랐기에
파 보니 맹아리가
노랗게 올라온다.
풀로 덮어 주었다.

(1959. 2. 25.)

* 맹아리: 망아리. 망울. 새싹.

땅속의 새싹들

김경수 청리 3학년

땅속의 새싹들은 언제 나올까?
새싹들은 아직 땅속에서 숨바꼭질하고 있나?
새싹들 숨어 있는 땅속으로 훈훈한 공기 들어가는가?
할미꽃은 봄을 기다리고 봄이 오면 흙을 파고 올라
오겠지.

(1964. 2. 17.)

새싹

김석님 공검 2학년

우리 집 꽃밭에
새싹이 하나
새파랗게 햇빛을 받으며
따뜻하게 눈을 뜨고서
"큰다" 하고
인사하고 일어납니다.
그래 새파란 잎사귀를 흔들면서
"얘들아, 너들도
그만 자고 일어나거라,
오래 자지 말고"
합니다.

(1959. 3. 25.)

새눈

여갑술 대곡분교 2학년

소나무에 새촉이 텄네. 파란 싹이 텄네. 촉이 빼족
이 올라오네. 소나무가 올라올 때 나무 껍데기에 올라
와서 하늘을 쳐다보네. 올라와서 빼족이 나와서 온 세
상을 보네.

(1971. 2. 16.)

* 새촉: 새싹. 새눈. 새순.

오요강아지

이재왕 대곡분교 2학년

오요강아지야,
봄이 오면 춥도 않고 좋지.
따뜻한 봄이 오면 참 좋지.
촉도 트고 참 좋지.
따뜻한 기 최고제.
봄아, 어서 오너라.

(1970. 2.)

* 오요강아지: 버들강아지. 버들간지. 버들강생이.
* 촉: 새눈. 새순. 새싹.

버들강아지

이동자 공검 2학년

버들강아지는
따뜻한 봄에 눈을 뜨고
따뜻한 햇살을 받는다.
버들강아지는
하얀 털을 내밀고 나왔다.
버들강아지는 곱게 나왔다.

(1959. 2. 25.)

4학년이 되면

김순옥 청리 3학년

4학년이 되면 1, 2, 3학년들이
언니라고 부르고
우리들도 동생이라고 귀여하면
봄이 오는 것처럼 반갑고
노란 싹처럼 예쁘다.

(1964. 2. 17.)

* 귀여하면: 귀여워하면.

4학년이 되면

정민수 청리 3학년

4학년이 되면
산수 나누기를 못해서 걱정이다.

(1964. 2. 17.)

4학년이 되면

김인원 청리 3학년

나는 4학년이 되면 주산부로 들어가서
등수 안에 들라고
우리 작은시야한테 수판을 배운다.

(1964. 2. 17.)

* 작은시야: 작은형아. 작은형.

꽁

권정애 대곡분교 2학년

학교에 오다가
꽁을 보았다.
꽁은
털털그며
높이 떠오른다.
오를 때
온 세상 위에
떠오른다.

(1970. 4. 21.)

* 꽁: 꿩.
* 털털그며: 털털하며. 털털거리며.

땅

김진순 공검 2학년

땅을 파니
새싹이 돋아나느라고
노랗게 올라옵니다.
따뜻한 니가
올라옵니다.

(1959. 3. 25.)

* 니: 너. 네.

버드나무

버드나무야,
어서 물이 올라라.
나는 피리 불고 싶다.
학교 공부 마치고
집으로 돌아갈 때
나는 심심하면
피리 하나 분다.

(1970. 2.)

* 이 시를 쓴 아이는 깊은 산골 외딴집에 살았다.

복숭나무

권두임 공검 2학년

봄이 되니
복숭나무 맹아리가
햇빛을 보고
모두 다 똑같이
맺았다.

(1959. 3. 20.)

* 복숭나무: 복숭아나무. 복상나무.
* 맹아리: 망아리. 꽃맹아리. 망울. 꽃망울. 새눈. 움.

할미꽃

할미꽃 속에
까만 것도 있고
노란 것도 있네.
가만히 들여다보니
할미꽃이 어예 생겼노, 시푸다.

(1969. 4. 12.)

* 시푸다: 시프다. 싶다.

할미꽃

김민한 대곡분교 3학년

고추밭에
달래를 캐러 갔다가
검정을 꿉는 데
할미꽃이
활짝 피었다.
작년에 검정을 꿉는 데
따시다고 나왔다.

(1969. 4. 4.)

* 검정: 숯.
* 꿉는: 굽는.
* 따시다: 따스다. 따시하다. 따스하다. 따뜻하다.

제비꽃

김춘옥 대곡분교 2학년

제비꽃이 생글생글 웃는다.
제비꽃이 하늘 보고 웃는다.
제비꽃이 우예 조르크롱 피었노?
참 이뿌다.

(1969. 5. 2.)

* 제비꽃: '오랑캐꽃' '앉은뱅이꽃'이라고도 함.
* 우예 조르크롱: 우쩨 조렁게.
* 이뿌다: 이쁘다. 이뻐다. 이삐다. 예쁘다.

제비꽃

홍성희 대곡분교 3학년

제비꽃이 피었다.
방글방글 웃는다.
제비꽃이 언제 피었노?
자랑스럽게 피어 있다.

(1969. 4. 12.)

해바라기

최인순 청리 3학년

저녁때
마당 옆에 가니
해바라기가 나왔다.
쭉지기를 덮어쓰고 나왔다.
해바라기 났다고 하니
아버지가
엉간이 존가 배
하신다.

(1963. 4. 30.)

* 쭉지기: 쭉띠기. 쭉데기. 쭉대기. 쭉더기. 쭉뎅이. 쭉정이. 쭉지. 껍질만 있고
알맹이가 없는 곡식의 낟알. 여기서는 해바라기 씨의 껍질(껍데기)을 말한다.
* 엉간이: 엉가이. 엉간히. 언간이. 언가이. 언가히. 어지간이. 어지가이. 어지
간히. 어지간히도.
* 존가 배: 좋은가 배. 좋은가 봐.

살구꽃

김경화 대곡분교 3학년

살구꽃이 피었네.
이제 봄이 오니까 모두가 자랐다.
하마 살구꽃이 피었네.
봄이 오면 우리도 즐겁고 너도 즐겁다.

(1968. 4. 11.)

* 하마: 하매. 벌써.

살구꽃

심필련 대곡분교 3학년

살구꽃이 하마 피었네.
산 밑에서 살구꽃이 피었네.
복도에서 공을 치다가 보고
나는 기뻐하였다.

(1968. 4. 13.)

개나리꽃

김점옥 공검 2학년

개나리꽃은 하매
노랗게 피어서 다 져 갑니다.
노란 개나리꽃은 일학년처럼 귀여워요.

(1959. 4. 13.)

배꽃

김경수 청리 4학년

배꽃이 피면
배나무가 하얗니 빛난다.
배꽃은 복실복실하다.
배꽃에 벌이 붙었다.
나비는 가만히 앉아
날개를 팔랑팔랑 흔들면
수염도 따라서 오고렸다가
안 오고렸다가 하다가
나비를 잡으로 가면
또 날아간다.

(1964. 4. 20.)

* 하얗니: 하얗게.
* 복실복실하다: 복슬복슬하다. 봉실봉실하다.
* 오고렸다가: 오고렸다가. 오그렸다가.

벌

박영분 공검 2학년

우리 배꽃에
벌이
꿀 빨아 먹자 꿀 빨아 먹자 꿀 빨아 먹어
하면서 서로 빨아 먹을라고 꿀 빨아 먹을라고
윙윙 합니다.

(1959. 4. 13.)

나무

김성환 청리 4학년

운동장에 있는 나무
주렁주렁 땅을 내다본다.
팔마구리 열매 떨어질랑 말랑
땅 내려다보네.
새움이 하하하, 하며 웃는 것 같다.
그늘이 굉장히 크게 보인다.
초록색 파랑색 울긋불긋하게
하얗게 비쳐 준다.
바람이 솔솔 아, 시원해라.
나무는 곱기도 해라.

(1964. 4. 29.)

* 새움: 움. 새싹. 새눈. 맹아리.

수양버들과 바람

김점옥 공검 2학년

수양버들은 매일 바람이 불어 주어서
수양버들은 그래도 할 수 없이 헌들립니다.
수양버들은 그래다가 그만 하루를 지냅니다.

(1959. 3. 17.)

* 매일: 날마다. 학교에서 교과서로 배우는 '국어'는 이와 같이 순 우리 말을
버리고 한자말을 쓰도록 했다.
* 헌들립니다: 흔들립니다. 경북 지방에서는 '헌든다' '헌들린다'고 말한다.
* 그래다가: 그러다가. 상주 지방에서는 '그래고' '그래다가'라고 말한다.

버드나무 잎

이길영 청리 4학년

버드나무 잎이 핑깨
그때는 봄이 오기를 기다리더니
하매 왔구나 하는 생각이 든다.

(1964. 5. 9.)

* 핑깨: 핀깨. 피니깨. 피니까.
* 하매: 하마. 벌써.

오얏

여갑술 대곡분교 2학년

오얏이 안죽도 안 익었네.
오얏은 안죽도 새파랗네.
오얏은 안죽도 언제 익을노?
안죽도 새파랗게 언제 익을노?

(1970. 7. 11.)

* 오얏: 외얏. 외얏추. 욋추. 자두. '자두'는 한자말. '오얏'이 바른 우리 말이다.
* 안죽도: 아직도.
* 익을노?: 익을꼬? 익을까?

올챙이

이승영 대곡분교 2학년

올챙이를
잡아 가지고 보니
머리 밑에
입이
째매한 기
벌리고 있다.
깨물까 봐
물에 띄워 줬다.

(1969. 5. 14.)

* 째매한: 째맨한, 쪼만한, 쪼그만, 쪼그마한, 쬐그만, 쬐꼬만, 조그만, 조그마
한, 죄그만⋯⋯ 따위로 쓴다.

다람쥐

김대현 대곡분교 3학년

다람쥐가 굴을 뚫어 놓고
드갔다 나갔다 한다.
굴을 들다보니
다람쥐도 나를 본다.

(1969. 4. 13.)

* 드갔다: 들어갔다.
* 들다보니: '들여다보니'를 줄인 말.

고기

김선모 대곡분교 2학년

뻐두리는 꽁지만 치고 간다.
미꾸라지는 몸과 꽁지를 흔들며 간다.

(1969. 5.)

* 뻐두리: 민물고기의 한 가지. 버들붕어. 버들뭉치. 뻐들뭉치.
* 꽁지: 꼬리. 꼬랑이. 꼬랭이. 꼬래기. 꼬랑대기. 꼬랑대이. 꽁대기…… 따위로
쓴다.

바람

박경자 이안서부 5학년

따뜻한 봄 날씨에 바람이 살랑
우리 애기 홍역 하는 데 바람이 살랑
나뭇잎이 새파랗게 돋아나는 데 바람이 살랑
시냇물이 졸졸 흐르는 데 살랑
길가의 민들레꽃 살랑
언덕의 보리를 마구 디디고
바람이 바람이 살랑거려요.

(1966. 5. 5.)

오동나무

박선용 청리 4학년

저쪽
지붕 위에
자주감자색으로
활짝 핀
오동꽃
지붕보다 노프게
올라갔구나!

(1964. 5. 14.)

하늘과 구름

이정남 청리 5학년

아침 하늘에 초생달 하나, 잔잔한 하늘 위에 외롭고 쓸쓸히 바람 따라 간다. 내 눈썹 같고 예쁜 초생달, 해가 뜨고 낮이 되면 구름에 덮여 버리고…… 학교에 가자면 물 밑에 하늘과 구름이 있다. 하늘이 물 밑 깊숙이 들어 있다. 구름은 둥실둥실 목단꽃과 같이 북시럽고 예쁘다.

집으로 돌아오는 길에 가로수를 붙잡고 한 번 보았다. 구름은 사라지고 물소리만 찰랑찰랑. 물소리에 물속으로 나도 모르게 고개를 돌렸다. 한참 가다가 되돌아보니 논에 흐르는 물이 햇빛에 비쳐 내 눈에 은구슬같이 눈부시게 비쳤다.

(1963. 12. 11.)

---

* 목단꽃: 모란꽃.
* 북시럽다: 북스럽다. 북실북실하다. 북슬북슬하다. 복시럽다. 복실복실하다.
복슬복슬하다…… 따위로 쓴다.

구름

이순희 청리 4학년

구름이 하나 떨어져 간다, 새털같이. 큰 구름은 아빠 엄마 구름, 저녁놀 주황색 엄마 치마 물색. 엄마가 좋아하는 주황색, 보라색. 할머니는 밖에서 마루 닦으며 고모 생각한다. 푸른 하늘 보며, 고모 생각하며 뽕을 따신다. 할머니 마음은 외롭다.

(1964. 6. 3.)

푸른 하늘

이순희 청리 4학년

　푸른 하늘 가도 가도 끝없는 하늘, 하루 바빠 걸어
도 매일 걸어도 하늘 나라 별자리 끝도 없는 별자리,
밤에는 저 멀리 보이는 하늘 위에 반짝이고 눈부시고
달님과 함께 서쪽으로 가만히 소리도 없이 넘어간다.

　(1964. 6. 3.)

새

배옥자 대곡분교 3학년

호루루 뱃쫑!
새가 운다.
새는 마음도 좋고
걱정도 없는 모양이다.
호루루 뱃쫑!
열 번도 더 운다.

(1969. 5. 3.)

---

* 버들잎이 다 피어나면 이 새가 와서 운다. 모자리(못자리)할 때 우는 새라고
우리는 '모자리새'라고 했다.

참새

김숙자 대곡분교 2학년

참새는
목소리도 좋고
발가락도 예쁘다.
나는 어예서
참새보다 옳잖노?
새는 내보다 훨씬 좋다.

(1969. 5.)

* 어예서: 어째서.
* 옳잖노: 좋지 않노.
* 내보다: 나보다.

포풀러

포풀러 꼭대기에는 몸만 움직이네.
바람이 불어오면 잎사귀는 팔랑개비같이
파르르 돈다.
정말 오늘이 소풍이라면
얼마나 좋을나?
냇물이 졸졸 노래하며 내려간다.
내가 포풀러나무에 올라가서
노래를 한번 불러 볼까?

(1970. 5. 8.)

* 팔랑개비: '바람개비'라고도 하지만, '팔랑개비'란 말이 더 좋다.
* 좋을나?: 좋겠나? 좋을까?

비와 아가시아

박훈상 청리 3학년

비 오다 개인 날
맑기도 하다.
멀리
아가시아나무 하나
온몸을 움직인다.

(1963. 9. 26.)

* 개인: 갠. 말할 때와는 달리 글로 '갠다' '갠' '개고' '개지' '개면' '개어' 이
렇게 쓰니까 그 뜻을 잘못 읽게 되기도 한다. '개인다' '개인' '개이고' '개이
지'……로 더 많이 쓰고 있다.
* 아가시아: 아카시아, 아까시나무.

논물

홍옥분 대곡분교 3학년

논물에
하늘이 보인다.
하늘이 기쁘다.
그 논길에 걸어가니
어리어리하네.
곧 빠질라 한다.
고이고이 갔다.

(1969. 6. 1.)

왕마구리

박정숙 청리 4학년

논둑길을 걸어가면
왕마구리 왕왕왕
물속에서 왕왕왕
왕마구리 우는 소리 들으면
왕왕왕 자꾸 울고 있구나.
왕마구리 소리 섧은 소리,
논둑길 밑에서도 울고 있다.

(1964. 4. 20.)

* 왕마구리: 왕머구리. 엉머구리. 몸이 크고 누런빛이며 등에 검푸른 점이 있
는 개구리. 한 사전에는 '참개구리'를 잘 우는 개구리라는 뜻으로 '왕머구리'
'악마구리' '악머구리'라 말한다고 써 놓았으나, 이 시에 나오는 '왕마구리'는
우는 소리로 보아 참개구리가 아니고 엉머구리인 것이 분명하다. 또 다른 한
사전에는 '엉머구리'를 맹꽁이라고 해 놓았으나, 이것도 잘못되었다. 엉머구
리는 맹꽁이도 아니고 참개구리도 아니다.

뻐꾹새

김순옥 청리 4학년

뻐꾹새 한 마리
어디서 자꾸
울고 있다.
뻐꾹새 우니
슬픈 생각 들고
먼바다도
가 보고 싶다.

(1964. 6. 5.)

* 뻐꾹새: 뻐꾸기. 옛날 글에는 한자말로 '곽공' '포곡조'라고도 썼다.

뻐꾹새

김순옥 청리 4학년

뻐꾹새 우는 소리에
나무들도 마음이 시원한가
머리를 살랑살랑거린다.
뻐꾹새가 자꾸 뻐꾹 하는 사이에
마음 놓고 뛰놀고만 싶다.

(1964. 6. 5.)

아가시아꽃

김용구 청리 4학년

야, 아가시아꽃 정답고 아름다운 냄새.
하얀 버선같이 생긴 아가시아꽃.
한 가장이 꺾어 학교 병에 꽂아 놓자.
두 가장이 꺾어 교실에 들어오니
병이 없어 꼬뿌에 물을 부니
아이들이 죽 훑어 먹는다.
난 그래도 암 말도 안 했다.

(1964. 5. 9.)

* 아가시아꽃: 아카시아꽃.
* 가장이: 가쟁이. 가지.
* 꼬뿌: 고뿌. 컵.
* 암 말도: 아무 말도.

이슬

김용자 대곡분교 3학년

이슬이
옥수수잎에
동그랗게
달팽이집같이 팽달을 치고
앉아 있네.

(1970. 6. 18.)

* 팽달을 치고: 팽다리 치고. 평다리 치고.

이슬

박귀봉 대곡분교 3학년

풀잎에 모여서
간들간들 웃고 있네.
말강말강한 기 앉아 있네.

(1970. 6. 18.)

* 기: 게. 것이.

이슬

김춘옥 대곡분교 3학년

이슬이
코스모스 잎사귀에
두 줄로 졸로리 있다.
손가락으로 건드리니
낭낭낭 떨며
땅에 떨어져서
흙같이 팍삭 깨졌다.

(1970. 6. 18.)

* 졸로리: 조로리, 쫄로리, 조르르, 쪼르르, 쪼로리…… 따위로 쓴다.

이슬

김찬희 대곡분교 3학년

이슬이 내렸네.
곱게 곱게 내렸네.
어예서 내렸노?
내리구저와서 내렸지.
이슬이 어예서 생겼노?
생기고저와서 생겼지.
풀에 묻혀 있다가
햇빛이 비치니 말라 부고 없다.
이슬이 웃다가 없어지는 것 같다.

(1970. 5. 12.)

* 어예서: 어째서. 어찌해서.
* 내리구저와서: 내리구 싶어서. 내리고 싶어서.
* 생기고저와서: 생기고 싶어서.
* 말라 부고: 말라 버리고.

이슬

김을자 대곡분교 2학년

이슬이
쬐꼼한 게
나와 있다.
내가 이슬이라면 좋겠다 하니
이슬이 나보고
그면 니가 내고
내가 니고,
한다.

(1970. 6. 18.)

* 쬐꼼한: 쬐금한. 쬐꿈한. 쬐끄마한. 쬐꾸마한. 조그마한.
* 그면: 그러면.

이슬

이경자 대곡분교 3학년

보리잎에
이슬이 있다.
노란 은빛 날개로
동그랗게 앉아 있다.

(1970. 5. 12.)

감나무

정경자 경주 2학년

감나무가 웃고 있는가 비라.
팔랑팔랑 웃고 있는가 비라.

(1967. 5. 23.)

* 있는가 비라: 있는가 봐. 있는가 보다. 있네.

구기자

이현숙 이안서부 2학년

구기자 밑에
비가 와 갖고
빗방울이
매달려 있다.
참 예쁜 게
매달렸다.
어쩌면 조렇게
매달렸을까?
조금 있으니
땅에 널쩌고 한다.
참 재미있구나.
동생이
내가 구기자 밑에 빗방울을
한번 만치 보아야지, 한다.
가만히 나도.
지대로 떨어져.
가만히 나도.

(1966. 11. 13.)

* 널쩌고: 널찌고, 떨어지고.

그런데 '널찐다'와 '떨어진다'는 좀 달리 쓰도록 되어 있는 말이다. 무거운 돌
은 '떨어진다'고 하지만, 물방울이나 종이는 '널찐다'고 한다. 또 '나뭇잎이 가
지에서 떨어져서 땅에 팔랑팔랑 널찐다'고 하면 알맞게 쓴 말이 된다.

* 만치: 만져.

* 나도: 놔둬.

* 지대로: 저대로, 저절로.

구름

김경화 대곡분교 3학년

구름은 잘도 간다.
서쪽으로 무슨 볼일이 있어
바삐 바삐 가나요.
차례차례 간다.
아, 아름답다.

(1968. 9. 14.)

구름

김춘자 대곡분교 3학년

까만 구름하고
빨간 구름하고
노란 구름하고
한테 섞여서 논다.
가만히 놀다가
까만 구름이 노란 구름보고
한테 타라고 한다.
또 까만 구름이 빨간 구름한테
타라고 한다.
그래 가지고 막 달려간다.

(1969. 5. 18.)

* 한테: 한데. 한곳에. 같이.

구름

구름이
해님을 꼭 안고
놔주지 않았다.
그런데 해님이
가랭이 쌔로
윽찌로
빠자나왔다.

(1963. 10. 31.)

* 가랭이: '가랑이'라고도 한다.
* 쌔로: 새로. 사이로.
* 윽찌로: 억지로.
* 빠자나왔다: 빠져나왔다.

꽃구름

김규필 대곡분교 3학년

저쪽 산 위에서
구름 한 송이
떠올라 오네.
야, 멋있다.
금방 산속에서 나오더니
하마 다 올라왔네.

(1969. 11. 8.)

산과 안개

정부교 대곡분교 3학년

산이
안개를 푹 덮어썼다.
하얀 이불같이
덮어썼다.
밤에는 푹 덮고 날이 새면
이불을 걷고 벌떡 일어선다.

(1968. 11. 26.)

들판

이성윤 대곡분교 2학년

아침마다 들판은 추워서 벌벌 떨고 있으면
안개가 내려와서 들판을 덮어 준다.

(1968. 11. 26.)

물

김순자 대곡분교 2학년

바람이 부니 물이 힝 올라간다.
바람이 내리 부니 물이 올라가고,
바람이 올리 부니 물이 내려온다.
물이 서로 올라갔다 내려갔다 이 야단을 친다.
꼬불랑꼬불랑 하고 올라가는 것 보면 참 우습다.

(1969. 12. 27.)

옥수수

공동 작품 대곡분교 2 · 3학년 복식반

옥수수는
바람이 부니 웃네.
바람도 같이 웃네.
바람에 간들간들
부채같이 잎을 흔드네.

옥수수야,
너는 기다란 머리 꽁지를 달았구나.
네 머리 꽁지를 총총 땋아 줄까?
언제나 손에 만져지는
길다란 머리 꽁지.

뿌리를 땅속에 묻어 놓고
가만히 서 있는 옥수수
무엇을 할까?
우리가 먹고 싶어 쳐다보는 것을
생각할까?
우리가 삶아 먹는 것을

옥수수는 싫어할까? 좋아할까?

옥수수
먹고 싶다.
침이 꿀떡 넘어간다.
어서 알이 굵어라.

이슬이 토독토독 샘지에 붙어 있는
옥수수를 베 와서
파란 송이를 따 가지고
바구니에 갖다 놓고 깐다.
거죽 껍질은 파란 치마,
하나, 두나, 까 보면
털에 싸힌 노란 옥수수가 나온다.
줄이 쪽바른
까만 옥수수도 나온다.
네 이름은 옥수수

* 샘지: 심지. 쉼. 쉼. 쇠미. 쉬미. 수염.
* 싸힌: 싸인.
* 쪽바른: 똑바른. 쪽 곧은.

네 이름은 강낭
너는 또다시 땅속에 묻혀서
싹이 나올 텐데……

다 까서 솥에 안쳐 놓고
불을 넣어 놓고
마당에서 동무들과 돌을 차고 놀면
구수한 옥수수 냄새
달근한 옥수수 냄새
야, 맛있겠다.
김이 무럭무럭 뜨거운 옥수수.

양푼이에 한껏 담아 와서
온 식구가 빙 둘러앉아
입으로 우적우적
돌려 까 물고
한참 씹으면
구수하고 달고 얼마나 맛이 좋겠나?

* 한껏: 한껏. 가득.

황초집에 있는 아버지는
밤을 새워 불을 때신다.
석호야,
옥수수 꺾으러 가자.
옥수수 꺾어다가
황초집 아궁이에 묻어 두자.
뜨끈뜨끈 옥수수가 익으면
아버지도 드리고 우리도 먹자.
은하수 쳐다보며 까 먹자.

나는 옥수수로
인형을 만들어야지.
먹은 송이는 배를 만들고
겉에 싸힌 파란 껍질은 옷 하고
노란 털 가지고 머리털 만들지.
조그만 예쁜 인형 만들어
책상 앞에 놓아두면
얼마나 좋을까?

* 황초집: 담뱃잎을 말리려고 지어 놓은 높은 집. 담뱃잎을 말릴 때는 밤을 새
워 불을 땐다.

대공이는 무엇 할까?
그래, 그래, 물총을 만들어.
싸리 꼬쟁이 끝에 솜을 감아
냇가에 가서 물총을 쏘자.
그리고, 물레방아도 만들어야지.
뱅뱅뱅 돌아가는 물레방아,
물레방아 돌리면 여치도 운다.

옥수수야,
너는 무엇을 생각하나?
너는 우리가 생각하는 것을 알고 있나?
빨리 커라.
빨리 수염이 까맣게 말라라.

바람이 부니 옥수수가 웃네.
바람도 같이 웃네.

(1970. 7. 22.)

* 대공이: 대궁이. 대. 줄기.

* 이 공동 작품은 다음과 같이 해서 쓴 것이다. 먼저 제목과 쓸거리에 대한 의논을 하는데, 저마다 의견을 말하게 해서 그중 가장 많은 찬성을 얻은 것을 제목으로 정했다. 다음, 이 제목에 대해 쓰고 싶은 것을 여러 가지로 얘기하게 하고 그것을 정리하여 다섯 가지로 나누었다.

첫째, 옥수수가 밭에 서 있는 모습.

둘째, 옥수수를 꺾어서 송이 껍질을 벗긴 일.

셋째, 옥수수를 솥에 찌는 일.

넷째, 옥수수 까 먹기.

다섯째, 그 밖에 옥수수에 대한 생각.

이렇게 정한 다섯 가지 쓸거리 중 어느 한 가지를 저마다 마음대로 골라서 쓰게 하고, 다 쓰고 나서 그것을 발표해서 시가 된 것만 뽑아낸 다음, 그것을 앞에 적은 차례대로 엮어 본 것이다. 물론 잘된 것을 가려내는 일도, 엮고 난 다음 몇 군데를 고치는 것도 모두 생각을 나누어 한 것이다.

이렇게 공동 작품을 쓰면 한 사람 한 사람의 마음이 잘 나타날 수 없어 썩 좋은 작품으로 되기는 어렵지만, 같은 글감으로 서로 느낌과 생각을 모으고 또는 나누어 가질 수 있어 배울 점도 많다. 두 사람 또는 세 사람의 공동 작품도 쓸 수 있을 것이다.

이 작품은 옥수수가 다 자라난 것을 보고 그것을 꺾는 이야기부터 시작했지만, 씨를 심어 그 싹이 터 나는 것을 기다리는 때부터 쓰면 더욱 좋을 것이다.

내 어린 시절

이영희

내 어릴 적 시절은
배고프던 시절
보리밥과 갱시기도
실컷 못 먹던 시절

그러나 지나고 보니
즐거웠던 시절
학교 가는 길에
버드나무 잎 훑어
누가 더 질기나 내기하고

버들피리 꺾어 불기
찔레 꺾어 먹기
멱감기

밀 서리와 콩 서리
목화 서리

내 어린 시절은
꿈이 있었던 시절
마음엔 언제나
시가 꽃피던 시절
- 청리 22회 1반 동창 소식지 〈푸른 마음〉 1998년 12월 제3호에서

가을밤
정부교

서산에 해지네
오색빛 저녁노을
밝은 세상 암흑의 세계로
밀리어 드네
가을의 찬바람 고독한 바람
귀뚜라미 자장가
들리어 오네
- '까만 새'를 쓴 정부교가 13년 뒤인 1982년에 엮은이 앞으로 편지와 함께 보내온 시

이 시집에 시를 쓴 아이들은 지금 거의 모두 40대의 장년이 되어

우리 역사의 가장 힘겨운 고비를 넘기고 있을 것입니다. 나는 이들이 어디서 무엇을 하든지 그 어린 시절에 자연 속에서 땀 흘려 일하면서 살던 그 몸과 마음을 잃지 않고 있을 것이고, 그래서 온갖 어려운 일들을 잘 이겨 내면서 바르고 착하게 살아가리라 굳게 믿습니다. 그것은 이들을 가끔 만나 살아가는 이야기를 들을 때마다 그렇게 믿지 않을 수 없었고, 역시 시를 쓴 아이들은 어른이 되어 비록 시는 안 쓰더라도 시를 마음속에 지니고, 몸으로 시를 살아가게 되는구나 싶어 한없이 기뻤습니다. 시의 마음이란 자연의 아름다움을 가슴으로 받아들이는 마음이고, 생명의 귀중함을 생각하는 마음이고, 동정할 줄 아는 마음이고, 가난한 우리 것, 내 것을 아끼고 사랑하면서, 건강하게 일하는 것을 행복으로 아는 마음입니다.

작품이 모두 280편입니다. 쓴 때는 1952년 것이 한 편 있고, 그 밖에는 죄다 1958년에서 1977년까지 20년 동안입니다. 학교별로 보면 안동 임동동부초 대곡분교가 151편, 상주 청리초등학교(아래부터 '초등학교' 줄임)가 71편, 상주 공검이 22편, 문경 김룡이 17편, 안동 길산이 7편, 경주 경주가 4편, 상주 이안서부가 4편, 대구 비산, 부산 동신, 김천 모암, 문경 마성이 저마다 한 편씩입니다. 이렇게 작품 수가 많이 다른 까닭은, 대곡분교에서는 제가 3년 동안 교사로 있었고, 청리는 2년 반, 공검은 1년 9개월 동안 있으면서 아이들을 맡아 가르쳤기 때문입니다. 김룡, 길산, 이안서부도 2년 또는 3년씩 있었지만 관리직(교감, 교장)으로 근무했기에 아이들을 제대로 맡아 가르칠 수 없었습니다. 경주서는 교사로 한 해 동안 학급을 맡았지만, 그때 그 학교의 특수한 사정으로 노상 교실을 비우고 교무실에서 사무를 보아야 했습니다. 그 밖에 한 편씩 나온 네 학교 중 비산은 겨우 한 달만 있었고, 동신은 한 학기 있으면서 문집까지 냈는데 그것을 간직해 두지 못했습니다. 모암은 가르쳤던 아이가 전학을 가서 쓴 작품을 보내 준 경우이고, 마성은 글짓기 대회의 심사를 맡았을 때 뽑은 작품입니다. 이러고 보니 이 책이 바로 저의 이력서가 되었습니다.

2002년 4월 이오덕

이오덕의 글쓰기 교육 **7**

일하는 아이들

1판 1쇄 발행 2018년 2월 2일
1판 3쇄 발행 2024년 8월 1일

엮은이 이오덕
펴낸이 조재은 | 펴낸곳 (주)양철북출판사 | 등록 2001년 11월 21일 제25100-2002-380호
책임편집 이송희 이혜숙 | 편집 김명옥 박선주 | 표지 디자인 오필민 | 본문 디자인 하늘·민
마케팅 조희정 | 관리 정영주
주소 서울시 영등포구 양산로 91 리드원센터 1303호 | 전화 02-335-6407 | 팩스 0505-335-6408
ISBN 978-89-6372-239-9 04810 | 값 17,000원

어린이제품 안전특별법에 의한 기타표시사항
품명 아동 도서 | **제조자명** (주)양철북출판사 | **제조 연월** 2018년 2월 2일 | **제조국** 대한민국
주소 서울 마포구 양화로8길 17-9 | **연락처** 02-335-6407 | **사용 연령** 10세 이상